SOMMERNACHTSTRAUM

Lothar Reichel

SOMMER
NACHTS
TRAUM

Blacky spielt mit

Buchverlag Peter Hellmund

DAS BUCH UND DER AUTOR

Wie jedes Jahr ist das traditionelle Volksfest in Schweinfurt voller Attraktionen. Das *Grauenhaft gruselige Curiositäten-Cabinett* zieht auch Christian „Blacky“ Schwarz und Kriminaloberkommissarin Kerstin Weiß an. Aber während hier alles nur Schein und Kulisse ist, wird ausgerechnet in einer Gondel des Riesenrades eine Leiche gefunden. Die Identität des Toten erschüttert selbst den altgedienten Leiter der Mordkommission, Wolfram Bayer, bis ins Mark. Ein solches Verbrechen hat es in Schweinfurt noch nie gegeben. Rasch stellt sich die Frage: Soll die Aufklärung des Falles durch die Machenschaften einflussreicher Politiker verhindert werden? Die Kriminalpolizei der Stadt wird bis an ihre Grenzen gefordert. Denn im Schlosspark des Fränkischen Theaters in Maßbach ist ein weiteres, äußerst brutales Verbrechen geschehen. Ausgerechnet am Rande der Proben zu Shakespeares Komödie „Ein Sommernachtstraum“ ist der Regisseur ermordet worden. Lau und harmlos sind die Sommernächte in Schweinfurt und Umgebung diesmal also nicht. Zu allem Überfluss hält auch noch der mysteriöse Absturz eines Heißluftballons die Polizei in Atem. Kein Wunder, dass sich Blacky, Moderator bei Main-

Radio Schweinfurt, erneut herausgefordert sieht, eigene Ermittlungen anzustellen, die ihn zu Schauspielern und Schaustellern führen. Immer mehr stellt sich heraus, dass jeder, der in diese Fälle verstrickt sind, sein eigenes Geheimnis hat. Es sind menschliche Tragödien, die weit in die Vergangenheit zurückreichen und in diesen Sommernächten ihrem Höhepunkt entgegentreiben. Blacky muss seinen ganzen Scharfsinn aufbieten, um endlich zu durchschauen, welche Lebensschicksale sich tragisch gekreuzt haben. Auch sein Freund Lothar, Kriminalschriftsteller aus Irland, ist bei seinen Ermittlungen wieder mit von der Partie. Und Blacky selbst gerät schließlich auf dem Schweinfurter Volksfest in höchste Lebensgefahr.

Lothar Reichel ist geborener Schweinfurter, Journalist, Autor und Theaterfan. Nun hat er den vierten Schweinfurt-Krimi geschrieben, erneut mit seinem real existierenden Freund Christian „Blacky" Schwarz als Hauptfigur. Auch dieser Roman ist reine Phantasie und erfundene Wirklichkeit, die sich stets an tatsächlichen Ereignissen orientiert.

Ich glaubte nie an diese Feenpossen und Fabelein.
Verliebte und Verrückte sind beide von so brausendem Gehirn,
so bildungsreicher Phantasie, die wahrnimmt,
was nie die kühlere Vernunft begreift.

William Shakespeare
Ein Sommernachtstraum
5. Aufzug 1. Szene

1

Das Skelett tanzte mit seiner Partnerin einen melancholischen Tango. Sie hatte grellrot geschminkte Lippen und trug ein hautenges schwarzes Kleid. Auf seinem weißen Totenschädel saß schief ein Borsalinohut. Als die Musik lauter und der Tanz lasziver wurde, legte er seine Knochenfinger um ihren Hals und drückte zu. Sie röchelte erbärmlich und sank zu Boden. Das Skelett ließ von ihr ab, zog den Hut, verbeugte sich, klapperte zum Abschied mit den Zähnen. Der Vorhang schloss sich.

Dann waren sie im Londoner East End. Whitechapel, eine düstere Gasse. Trübgelbes Licht von Gaslaternen. Aus einem Pub krächzte schrille Fidelmusik. Vulgäre Huren mit langen roten Haaren schlugen die Röcke hoch und zeigten vorübereilenden Gentlemen ihre Strapse. Urplötzlich erlosch das Licht. Ein grauenhafter Schrei, der durch Mark und Bein ging. Das Licht von Blendlaternen blitzte auf. Trillerpfeifen gellten. Schwere Schritte. Eine schwarze Gestalt huschte vorüber. Big Ben schlug Mitternacht. Mondschein fiel auf das Gesicht der Gestalt, beleuchtete für Sekunden eine grässliche Fratze. Totenstille. Schließlich leises Wimmern. Eine der Huren wankte zusammengekrümmt herbei. Theatralisch hob sie die Arme. Ihr Gesicht war von Messerschnitten durchkreuzt. Das Kleid zerfetzt. Aus dem Bauch quoll heftig sehr rotes Blut. Sie sank zu Boden. Vorhang.

„Na ja, nicht schlecht“, sagte Kerstin Weiß kaltblütig. „Heute hätten wir Jack the Ripper innerhalb von zwei Tagen gefasst. Was kommt als Nächstes?“

„Die Enthauptung der Marie Antoinette“, las Blacky von einem Schild mit blutroter Schrift ab.

Amüsiert sahen sie zu, wie die Guillotine herabfuhr und der Kopf der unglücklichen Tochter Maria Theresias in einen Weidenkorb rollte. Grell ertönten die Anfangstakte der Marseillaise.

„Das nennt man einen Kopf kürzer machen. Aber sie hat ja auch das Volk ausgebeutet.“

Kriminaloberkommissarin Kerstin Weiß’ Stimme klang völlig ungerührt. Blacky musterte sie mit dem prüfenden Blick, den er sich bei ihr angewöhnt hatte.

„Seit du bei der Kripo bist, kommst du mir irgendwie blutrünstig vor. Kann das sein?“

„Klar. Deshalb wollte ich ja unbedingt zur Mordkommission. Wie heißt es so schön: Blut ist ein besondrer Saft.“

Wie fast immer bei ihr war er sich nicht sicher, was er davon halten sollte. Kerstin Weiß, das hatte er inzwischen begriffen, war die Zweideutigkeit in Person. Nahezu jeder ihrer Sätze war doppelbödig, sie pendelte virtuos und atemberaubend zwischen den Extremen hin und her: Sie war spießig und flippig, anziehend und abstoßend, verklemmt und frivol, aktiv und lethargisch, Sonnenschein und Gewittersturm.

Blacky wusste nach wie vor nicht, was er für sie empfand. Und noch viel weniger wusste er, was sie für ihn empfand. Er wusste nur eines ziemlich genau: dass er verrückt nach ihr war.

„Wollen wir gehen?“, fragte sie. „Ich glaube, mein Bedarf an Mord und Totschlag ist für heute gedeckt. Und ich glaube, ich habe heute noch andere Bedürfnisse.“

Blacky grinste zufrieden in sich hinein. Es würde wieder eine aufregende Nacht werden.

*

Witold Skiminski hatte in seinem Leben viel gesehen. Darunter waren Dinge gewesen, die er nie hatte sehen wollen. Sie hatten seinen Blick selektiv werden lassen. Seit er in Deutschland war, sah er nur noch, was er sehen wollte. Und er konnte mit verhangenen Pupillen starr durch alles um ihn herum hindurchblicken, wenn ihm danach war. Seine Frau, die er selten sah, nannte es Tunnelblick. Sie sagte es auf Ukrainisch, und sie fügte immer hinzu, dass ihr dieser Blick unheimlich sei. Ihm war das egal, weil ihm das Meiste in seinem Leben sowieso egal war.

Was er kaum ausblenden konnte, war der Lärm. Nach wie vor hörte er jede Nuance der Kakophonie, die ihn umbrandete. Die grellen Fetzen von Musik, die schnarrenden, mikrofonverstärkten Stimmen, das Gejohle aus den Bierzelten, das unablässige Summen der Menschenmassen, die sich bis spät in die Nacht an ihm vorbeischoben. Nur das Riesenrad war leise, nahezu still. Es drehte sich fast unhörbar, gravitätisch, in majestätischer Ruhe. Manchmal ächzte es ein wenig, es klang dann wie ein ängstliches Wimmern, ein fernes Weinen.

Witold Skiminski zog an seiner Zigarette und sah durch den blassen Abendhimmel hindurch. Von jenseits kam die Nacht, und sie würde alles noch bunter und aufdringlicher werden lassen. Er wusste nicht, wo er eigentlich war; die

Namen der Städte, in die sie reisten, sagten ihm nichts, er nahm sie kaum wahr. Nach Schweinfurt kamen sie jedes Jahr, aber er sah die Stadt nur von oben, wenn sie das Geschäft auf- und abbauten.

In der vergangenen Stunde hatte er, gegen jede Gewohnheit, ein paarmal genauer hingeschaut. Immer dann, wenn ihm der ältere Mann mit der roten Baseballkappe einen Fahrchip gegeben hatte, um für eine weitere Fahrt in der Gondel sitzenzubleiben. Sein Vorrat an Chips schien beträchtlich, und Witold Skiminski hatte so etwas noch nie erlebt. Aber er war zu lethargisch, um sich darauf einen Reim machen zu wollen. Diese Welt war voller Idioten, Spinner und Verbrecher.

Dann fiel ihm der Zigarettenstummel aus dem Mund, seine Pupillen weiteten sich, und er sah plötzlich alles überscharf. Die Gondel schwebte abgebremst heran, der Mann hatte immer noch die rote Baseballkappe auf dem Kopf. Das Blut, das ihm über das Gesicht lief, war ebenfalls rot, und das Loch in seiner Stirn sah hässlich aus.

*

Ihre SMS war wie immer orthografisch einwandfrei, grammatikalisch korrekt und von formvollendeter Eleganz gewesen. Er kannte niemanden sonst, der so konsequent kleine Kunstwerke ins Smartphone tippte wie sie. Manchmal war es ein Haiku, manchmal ein Sonett und oft ein Stück Miniaturprosa, das in wenigen Worten alles sagen konnte.

Komm in den Park beim Glanz der ersten Sterne. Hüte Dich vor den Spähern. Im Elfenwald treiben Kobolde ihr Unwesen. Ich kann vor Sehnsucht nicht denken!

Die vage Zeitangabe war kein Problem. Sie bedeutete in

ihrer gemeinsamen Sprache neun Uhr abends. Das mit der Sehnsucht war pure Rhetorik; sie konnte immer glasklar denken. Merkwürdig war der Mittelteil. Es klang wie eine Warnung, aber er konnte sich nicht vorstellen, dass es ernst gemeint war. Eher war es Teil eines Spiels, das sie mit ihm spielen wollte, einer ihrer skurrilen Einfälle, mit denen sie leidenschaftlich das ganze Leben würzte. Das Leben, das für sie immer ein Spiel war, auch wenn sie es todernst nahm. Er war versucht gewesen, sie anzurufen und zu fragen, was diese Worte zu bedeuten hatten. Aber es war Teil ihrer ausgeklügelten Abmachungen, dass sie vor einem Treffen nicht miteinander telefonierten.

Als Will Bernhard im milden Licht des wunderbaren Sommerabends wie absichtslos zwischen den Bäumen umhergeschlendert war und sich schließlich der kleinen Felsengrotte genähert hatte, sah er ihn dort stehen. Und Will Bernhard wusste von einer Sekunde auf die andere, dass die schönen Tage nun zu Ende waren und die Probleme begonnen hatten.

*

Sie verließen das *Grauenhaft gruselige Curiositäten-Cabinett* erheitert, und Blacky richtete sich in dem beruhigenden Gefühl ein, dass Kerstin Weiß heute Abend sehr entspannt war. Sie wies mit theatralischer Geste auf das Getümmel um sie herum und sagte: „Ich weiß gar nicht, was grauenhaft gruseliger ist. Die Kuriositäten da drinnen oder die Kuriositäten da draußen."

„Wie meinst du das?"

„Schweinfurt, wie es leibt und lebt."

„Ich dachte immer, du magst diese Stadt", sagte Blacky

erstaunt. „Hast du nicht sogar mal behauptet, Schweinfurt sei irgendwie irre?“

„Ja. Aber auch irgendwie kurios. Und in seiner Normalität auch irgendwie gruselig. Schau dir nur die Leute an. Sie stapfen über ihr Volksfest, als gäbe es nichts Schöneres. Manche haben sogar leuchtende Augen bei all dem Budenzauber. Sie essen und trinken mit einer Inbrunst, wie es nur Schweinfurter können. Und sie geben Geld aus, das sie eigentlich gar nicht haben. Purer Lebensgenuss am Main. Das ist Schweinfurt.“

„Ach du lieber Gott.“ Blacky verzog übertrieben gequält das Gesicht. „Vielleicht sollte die Stadt lieber dich damit beauftragen, ihr Image zu verbessern. Anstelle von Olaf Röder, der … o nein, wenn man vom Teufel spricht …“

Auf Höhe der Steckerlfischbraterei kam ihnen Olaf Röder entgegen, der Redaktionsleiter von Main-Radio Schweinfurt und Imageberater der Stadt. Er trug ein kariertes Holzfällerhemd und eine echte Lederhose ohne Wadenstrümpfe. An seinem Arm hing Vanessa, die neue und sehr junge Praktikantin des Senders, eine rosafarbene Zuckerwatte in der Hand. Um ihn herum ein kleiner Tross von leicht angeheiterten Mitarbeitern: Sören Eckenstade aus Wilhelmshaven, früher Praktikant, mittlerweile Volontär. Patricia, die Chefin vom Dienst und Ewigkeits-Single. Brigitte Scheuble, die Wochenendmoderatorin. Ira Schmidt, Sekretärin und Fossil der Radioredaktion, seit Urzeiten dabei. Olaf Röder blieb vor Blacky und Kerstin Weiß stehen.

„Sieh an“, sagte er leicht lallend. „Wenn man vom Teufel spricht … Gerade habe ich zum wiederholten Male moniert, dass du dich schon wieder unseren gemeinsamen Unternehmungen entziehst. Hältst du das für ko… ko… gellial?“

„Kollegial", verbesserte Blacky ihn. „Könnte es sein, dass du betrunken bist, Olaf?"

„Das könnte sein", bestätigte Olaf Röder. „Es ändert aber nichts daran, dass du dich wie ein Kollegenschwein benimmst."

„Und jetzt reicht es, Chef!" Patricias Stimme war scharf und resolut. „Dieser Volksfestbesuch ist eine freiwillige Angelegenheit."

Wie immer, wenn Patricia resolut wurde, zog Olaf Röder sofort den Kopf ein.

„Schon gut", murmelte er und zupfte unschlüssig an Vanessas Zuckerwatte herum. „Ihr beide könnt ja immer noch mitkommen. Wir sind ab neun Uhr Gäste der Brauerei Grühn im Festzelt. Die ganze Prominenz ist da."

Blacky sah Kerstin Weiß fragend an und hoffte, dass ihre Reaktion seiner Erwartung entsprechen würde. Sie schüttelte den Kopf und lächelte spöttisch.

„Bei der Prominenz hab ich nichts zu suchen", sagte Blacky. „Das ist ganz allein dein Metier, Olaf."

„Wer nicht will, der hat schon", grummelte Olaf Röder. Er legte seinen Arm um Vanessas Schultern. „Lass uns in die Schlacht ziehen, Mädchen. Wir werden jetzt mit einer Hax'n kämpfen. Und sie wird verlieren, das kannst du mir glauben."

Er schwankte etwas, als er weiterzog. Sein kleiner Tross schloss sich ihm an wie ein Schwarm Fische.

Kerstin Weiß' Handy klingelte, bevor sich Martinshörner in die Kakophonie der Geräusche auf dem Schweinfurter Volksfestplatz mischten.

2

Er hasste Trachtenanzüge, aber an einem Abend wie diesem musste er in den sauren Apfel beißen. Seine Frau trug ihr Dirndl wie selbstverständlich, obwohl es ihr überhaupt nicht stand. Aber das nahm er nur sehr nebenbei zur Kenntnis; er hatte es sich nach über vierzig Jahren Ehe längst abgewöhnt, irgendwelche aufmerksamen Blicke an sie zu verschwenden.

„Das ist doch ein Käs'", sagte er, als er den dunkelgrauen Mercedes SLK die Niederwerrner Straße entlangsteuerte. „Früher sind wir ganz normal aufs Volksfest gegangen, aber neuerdings müssen wir uns wie die bayerischen Deppen aufm Oktoberfest kostümieren. Bloß weil ein paar Großkopferte ihren Arsch ständig nach München tragen und sich der Bagage da unten auf Teufel komm raus anpassen wollen."

„Wir sind auch Großkopferte, Hartmut", sagte Erika Grühn mit dem routinierten Sarkasmus, den sie sich nach über vierzig Jahren Ehe angewöhnt hatte. „Und du bist einmal in der Woche in München."

„Scheiß drauf", erwiderte Hartmut Grühn. Er stoppte bei Rot an der Kreuzung zwischen Richard-Wagner- und Franz-Schubert-Straße. „Ich bin bloß ein einfacher Bierbrauer."

„Das warst du einmal. Aber das ist lange her."

Er wandte ihr das Gesicht zu und schien einen Augenblick versucht, etwas zu entgegnen. Dann klingelte das Handy. Er meldete sich über die Freisprechanlage.

„Chef, hier ist der Fridolin", sagte eine derbe Stimme. „Es hat einen schrecklichen Unfall gegeben."

*

Hamlet, der etwas schwerfällig gewordene Mops, blieb stehen und hob witternd die Schnauze. Dann begann er zu knurren.

„Was ist los, du Viech?", sagte Hanne Saams. „Los, weiter! Alter Faulpelz."

Der Abendstern hing am blassblauen Himmel über dem Schlosspark. Ein leichter Wind strich durch die Wipfel der alten Bäume. Hamlet fing an, laut zu kläffen.

„Was hast du denn?" Hanne Saams sah sich um. Irgendwo streunte wahrscheinlich eine Katze durch das Gras. Hamlet rannte wild bellend den schmalen Pfad hinab, der zur Felsengrotte führte.

„Bleib da, du Köter!"

Der Hund hörte nicht auf sie, und ihr blieb nichts anderes übrig, als ihm zu folgen.

Die Felsengrotte im Park von Schloss Maßbach sah nur auf den ersten Blick wie ein kleines Wunderwerk der Natur aus. In Wahrheit war sie ein künstlich geschaffener Ort, entstanden aus dem Geiste der Romantik als Inspirationsquelle für empfindsame Gemüter.

An diesem Abend wurde der Eingang von etwas versperrt, das Hanne Saams zunächst gar nicht als Realität wahrnahm. In ihrer Welt war eine perfekte Inszenierung immer nur Theater. Erst ganz langsam begriff sie, dass das perfekt schaurige Bild, das sich vor ihr aufgetan hatte, blutige Wirklichkeit war. Hamlet schien das längst erkannt zu haben. Wimmernd saß er am Boden und wagte sich keinen Schritt weiter vorwärts.

*

Kriminaloberkommissarin Kerstin Weiß hatte nach dem Anruf ihre Dienstmiene aufgesetzt, war losgerannt und bahnte sich jetzt resolut den Weg durch die Schar der Gaffer vor dem Riesenrad. Blacky hechelte ihr hinterher, gefolgt von Sören Eckenstade. Er hatte, anders als der Rest der Main-Radio-Truppe, in Sekundenschnelle begriffen, dass etwas Wichtiges im Gange war.

Zwei Rettungswagen und drei Polizeifahrzeuge standen mit blinkendem Blaulicht zwischen dem Kettenkarussell und dem Zugangsbereich des Riesenrades. Der *Olympus* war zum Stillstand gekommen. Aus den oberen Gondeln beugten sich die Fahrgäste heraus und versuchten zu erspähen, was in der Tiefe vor sich ging.

Ein uniformierter Polizeibeamter erkannte Kerstin Weiß, kam auf sie zu und deutete hinauf.

„Wir sollten eine Durchsage machen", sagte er. „Die da oben werden wohl noch eine Weile warten müssen."

„Wir machen erst einmal gar nichts", entschied Kerstin Weiß. „Wo ist der Kollege, der die Leiche als Erster gesehen hat?"

„Drinnen, direkt an der Gondel. Der Mitarbeiter des Fahrgeschäfts, der die Leiche entdeckt hat, ist bei ihm. Er hat sehr umsichtig gehandelt und sofort alles gestoppt. Der Tatort dürfte ziemlich sauber sein."

„Tja", sagte Kerstin Weiß. „Was immer hier der Tatort ist."

Sie ging am Kassenhäuschen vorbei und zwängte sich

durch das Gitter des Eingangs. Blacky wollte ihr folgen.

„Tut mir leid, Sportsfreund." Sie sah ihn mit einem bedauernden Lächeln an. „Das hier ist ein Tatort. Kein Zugang für irgendwen. Auch nicht für dich."

„Aber …", begann Blacky zu protestieren.

„Kein aber." Kerstin Weiß' graue Augen verengten sich zu jenem Blick, den er zur Genüge kannte, weil er immer alles beendete. „Und ich glaube nicht, dass du heute noch auf mich zu warten brauchst."

„Okay", sagte Blacky. „Okay."

Sie ging in den hinteren Teil des Fahrgeschäfts, wo das Riesenrad in den Himmel ragte. Sören Eckenstade tauchte neben Blacky auf.

„Schon irgendwas in Erfahrung gebracht?", fragte er.

„Nein. Nur dass da drinnen eine Leiche herumliegt. Offenbar in einer der Gondeln."

„Spannend, spannend. Und es scheint nicht irgendeine Leiche zu sein … so fassungslos, wie die Weiß vorhin bei dem Anruf reagiert hat."

„Seh ich auch so", sagte Blacky. „Wir sollten uns etwas einfallen lassen, um das schnell herauszukriegen. Denn wenn erst der Bayer hier aufschlägt, erfahren wir gar nichts mehr."

„Siehst du dort den schmalen Gang neben dem Bratwurststand?", fragte Sören. „Da kommen wir ganz nah ran. Und wenn wir dann ein Loch durch die blaue Absperrungsplane bohren, haben wir freie Sicht."

Blacky nickte anerkennend.

„Let's go", sagte er.

*

Der Oberbürgermeister war schon da, stellte Hartmut Grühn fest, als er auf dem VIP-Parkplatz aus dem Wagen stieg und den Blick über die abgestellten Limousinen gleiten ließ. Und so gut wie alle anderen auch. Das war in seinem Sinne, denn er kam mit Bedacht immer zu spät. So konnte er den Auftritt wirkungsvoll inszenieren und seine Wichtigkeit deutlich herausstellen. Dezente Zurückhaltung, hatte Hartmut Grühn im Lauf des Lebens gelernt, brachte nichts, wenn man sich mit brutalen Gipfelstürmern messen wollte. Da kam es darauf an, in einem komplizierten System jeden auf den Platz zu verweisen, auf den er gehörte. Und an diesem Abend war er der König. So wollte es die Tradition, und so wollte er es vor allem selbst.

„Ich versteh nicht, wie du so ruhig sein kannst", sagte seine Frau, als sie die Straße überquerten und er leise den Marsch mitzupfeifen begann, der aus dem Festzelt zu ihnen herüberdrang. „Dein bester Freund ist tot."

„Das wissen wir doch noch gar nicht", sagte Hartmut Grühn. „Jetzt kommt es vor allem darauf an, so zu tun, als ob nichts wäre."

„Aber es wird sich in Windeseile herumsprechen. In einer Stunde weiß es jeder."

„Richtig. Und dann heißt es, die völlig Überraschten zu spielen und angemessen schockiert zu sein."

„Ich verstehe dich mal wieder überhaupt nicht", sagte Erika Grühn.

„Weiß ich", antwortete er. „Weiß ich doch."

Im Vorübergehen musterte er prüfend den Zustand des kleinen Biergartens direkt am Eingang zum Volksfestplatz. Die Stimmung dort kam ihm merkwürdig vor. Alle Besucher schienen angestrengt in eine Richtung zu starren. Irritiert nahm er zur Kenntnis, dass das Riesenrad sich überhaupt nicht drehte. Als sie um die Ecke bogen und die Rettungswagen und Polizeifahrzeuge sahen, wusste Hartmut Grühn, der Patriarch von Schweinfurts ältester Brauerei, dass dieser wichtige Abend endgültig aus dem Ruder gelaufen war.

*

Auf der Fahrt von der Polizeiinspektion in der Mainberger Straße zum Volksfestplatz erhielt Kriminalhauptkommissar Wolfram Bayer, Leiter der Schweinfurter Mordkommission, hintereinander zwei Anrufe, auf die er mit grimmigem Kopfschütteln reagierte.

„Was ist denn heute los?", donnerte er gegen die Windschutzscheibe. Dann rief er seine Frau an.

„Hör zu", sagte er ohne Begrüßung. „Das Wochenende ist gelaufen. Du kannst alles abblasen."

Er hörte noch, wie sie „Ach, Wolfram" murmelte, und trennte die Verbindung sofort wieder. Als Nächstes rief er die Privatnummer von Kriminalkommissarin Marion Werner auf. Es dauerte endlos lange, bis sie abnahm, und er wusste auch, warum.

Ohne Umschweife kam er zur Sache.

„Tut mir leid, aber dein Urlaub ist gestrichen. Ich brauche dich hier."

„Aber …", hörte er die fassungslose Stimme der Kollegin nach etlichen Schrecksekunden. „Ich habe doch schon gepackt, und mein Flug geht morgen früh."

„Egal. Es ist im wahrsten Sinn des Wortes der Teufel los. Ich brauche jeden Mann und jede Frau."

„Warum bin ich nur an dieses Scheißtelefon gegangen", begann Marion Werner loszujammern.

„Scheißegal. Ich hätte dich andernfalls sowieso von 'ner Streife holen lassen."

Dann setzte Wolfram Bayer die Kriminalkommissarin im Stenogrammstil von dem in Kenntnis, was in Schweinfurt und Umgebung an diesem Abend geschehen war.

3

Schon in der Kindheit hatte es zu Blackys männlichem Selbstverständnis gehört, ein Taschenmesser bei sich zu tragen. Die Ansprüche daran waren seitdem allerdings immens gewachsen. Mit einem Billigmesserchen vom Souvenirstand auf dem Kreuzberg hatte es begonnen. Dann kamen diverse Versuche, mit dem sogenannten Original Schweizer Offiziersmesser glücklich zu werden. Aber auf Dauer funktionierte auch das nicht. Dutzende von angeblich hilfreichen Zubehörteilen machen kein richtiges Taschenmesser aus. Wer braucht schon einen Zahnstocher oder zwei putzigkleine Wäscheklammern? Also war er irgendwann in ein exklusives Fachgeschäft gegangen, hatte sich beraten lassen und ein echtes Messer gekauft: mit einem Metallgriff, der optisch ein Blickfang war, und einer scharfgeschliffenen Stahlklinge, die ausgeklappt stand wie eine Eins. Damit fühlte er sich als wirklicher Mann.

Sörens Blick verriet schiere Bewunderung, als Blacky die Klinge aufschnappen ließ.

„Supergeiles Teil", sagte er. „Deutsche Wertarbeit."

„Was verstehst du denn von Messern?", fragte Blacky mit dem Hochmut des wahren Kenners.

„Na hör mal! Mein Vater ist Fischhändler in der vierten Generation in Wilhelmshaven. Was glaubst du, was wir für

Messer haben? Scharf wie Rasierklingen. Die besten kommen allerdings aus Japan. Zum Beispiel das …“

„Erzähl mir deine Sushigeschichten später“, unterbrach ihn Blacky und setzte die Klinge an. Sekunden später wies die blaue Absperrplane ein sauber herausgeschnittenes Quadrat auf, wie ein kleines Fenster. Er bückte sich und spähte hindurch.

Auf der linken Seite stand Kerstin Weiß. Ihr Gesichtsausdruck überraschte ihn. Die kühle Distanziertheit der verengten Augen und geschlossenen Lippen war aufgebrochen. Ihre Miene spiegelte etwas, was er bei ihr noch nie gesehen hatte: nacktes Entsetzen.

*

Der Polizeibeamte verweigerte jede Auskunft.

„Ich möchte einen Verantwortlichen sprechen“, sagte Hartmut Grühn. „Ich muss wissen, was hier los ist.“

„Gehen Sie einfach weiter“, erwiderte der Polizeibeamte. „Wir haben schon genug Gaffer rumstehen.“

„Ich habe ein Recht darauf, zu erfahren, was passiert ist.“

„Und warum?“

„Weil das mein Volksfest ist. Verstehen Sie? Ich bin hier der Boss.“

Der Polizeibeamte sah ihn belustigt an.

„Hat das Volksfest einen Boss? Das ist doch eine Veranstaltung der Stadt, oder? Und der Oberbürgermeister sind Sie jedenfalls nicht.“

Hartmut Grühn kannte seine schwache Seite sehr gut. Aber er hatte nie gelernt, sie im Zaum zu halten. Wenn er in seiner Eitelkeit gekränkt wurde, rastete er von einer Sekunde zur anderen aus.

„Passen Sie mal auf, Sie Männchen", begann er. Erika Grühn packte ihn am Arm.

„Hartmut", sagte sie. „Beherrsch dich."

Er schüttelte sie ab. Seine Stimme wurde laut, heiser und unangenehm.

„Sie haben mich zu kennen, wenn Sie in dieser Stadt Dienst tun wollen. Das ist mal das Erste. Also prägen Sie sich in Ihrem Spatzenhirn ein: Ich bin Hartmut Grühn, und meine Brauerei macht dieses ganze Scheißvolksfest überhaupt erst möglich. Deshalb bin ich der Boss. Hast du das jetzt verstanden?"

Der Polizeibeamte grinste breit.

„Drei Beamtenbeleidigungen", sagte er. „Männchen, Spatzenhirn und Duzen. Das würde teuer werden. Aber ich hab nichts gehört. Und wissen Sie, warum? Weil ich Ihr Bier nämlich nicht mag. *Schweinfurter Grühn.* Was für eine Plörre."

„Du Arsch!", schrie Hartmut Grühn.

„Jetzt", erwiderte der Polizeibeamte, „zeigen Sie mir doch Ihren Ausweis, Herr Grühn."

Ein blauer Audi mit Blaulicht auf dem Dach bahnte sich den Weg durch die Menge und hielt neben ihnen an. Kriminalhauptkommissar Bayer stieg aus und ließ mit der Routine seiner Dienstjahrzehnte den Blick einmal rundherum wandern. Ein Blick, der sofort alles erfasste.

„Ach, gut, dass du kommst, Wolfram", rief Hartmut Grühn. „Kannst du deinen Lakai hier mal zurückpfeifen?"

„Hartmut" sagte Wolfram Bayer. „Das will ich nicht gehört haben. Wieso bist du eigentlich hier?"

„Wieso soll ich nicht hier sein? Heute ist der Festwirtabend. Mein Abend. Dein Chef dürfte auch schon da sein."

„Hat man dich noch nicht informiert?", fragte der Leiter der Mordkommission überrascht.

„Worüber denn?"

Hartmut Grühn legte viel Beiläufigkeit in die Stimme und nur einen Hauch von Neugier. Die Inszenierung seiner Ahnungslosigkeit nahm jetzt ihren Anfang. Er vermied es, seine Frau dabei anzuschauen.

„Gehen Sie mal da rüber, in die Gasse neben dem Bratwurststand", sagte Wolfram Bayer zu dem Polizeibeamten. „Und holen Sie die zwei Radiofuzzis weg, die da auf der Lauer liegen. Christian Schwarz und diesen Fischkopf. Ich glaub es ja nicht. Bringen Sie sie sofort zu mir."

Dann wandte er sich wieder an den Brauereibesitzer im Trachtenanzug.

„Hartmut", sagte er. „Ich fürchte, Norbert ist tot."

*

Ein breitschultriger Polizist versperrte hartnäckig die Sicht auf die Riesenradgondel.

„Mensch, beweg doch deinen Arsch mal weg", murmelte Blacky.

„Siehst du was?", flüsterte Sören. „Lass mich mal."

Blacky schüttelte den Kopf und beobachtete mit einem Auge unentwegt Kerstin Weiß. Sie schien sich halbwegs gefasst zu haben und hatte zum Handy gegriffen. Dann machte der Polizeibeamte endlich einen Schritt zur Seite.

Blacky sah ziemlich viel Rot. Eine rote Kappe. Ein Loch in der Stirn. Und rote Streifen über dem bleichen Gesicht. Weitaufgerissene Augen, die zu dem roten Schirmchendach der Gondel hinaufzublicken schienen. Der Abendhimmel hinter den Wohnblocks von *Askren Manor* begann sich ins

Rötliche zu verfärben. Blacky kniff die Augen zusammen und musterte noch einmal prüfend die Züge des toten Mannes. Dann war er sich sicher. Und er begriff das Entsetzen, das er in Kerstin Weiß' Miene gesehen hatte.

„Wir sollten schleunigst Olaf Röder suchen", sagte er halblaut zu Sören. „Das hier ist ein ganz großes Ding."

„Aber der ist doch total besoffen."

„Egal. Ohne dass er weiß, was hier passiert ist, können wir keine Meldung absetzen. Die Nummer ist viel zu heiß."

„Meldung absetzen?", fragte Sören. „Wir haben Feierabend."

„Jetzt nicht mehr."

„Und was willst du melden?"

„Dass der Leitende Oberstaatsanwalt von Schweinfurt, Dr. Leopold Wurzer, heute Abend im Riesenrad auf dem Volksfest erschossen worden ist."

„Ach du heiliger Matjes", sagte Sören. „Bist du sicher?"

„Ich denke, ja", erwiderte Blacky. Er richtete sich auf und sah einen Polizeibeamten durch die schmale Gasse auf sie zukommen.

„Guten Abend, die Herren", sagte er. „Als Erstes stecken Sie das Messer da weg. Und dann folgen Sie mir. Kriminalhauptkommissar Bayer lässt bitten."

Blacky verzog gequält lächelnd das Gesicht. Er sah seine sensationelle Meldung bereits den Main hinabschwimmen.

*

Verdrossen wartete Hartmut Grühn am Eingang des Festzeltes darauf, dass sie zu ihm herauskamen. Nichts war es mit seinem triumphalen Einzug zu den Klängen des Frankenliedes. Nichts war es mit dem Bad in der Menge und der huldvollen Begrüßung seiner Untertanen von der Bühne herab. Und nichts war es mit der gönnerhaften Leutseligkeit, mit der er sich an den Tisch derer gesetzt hätte, die er extra hatte warten lassen. Jetzt wartete er auf sie, und die kalte Wut kroch in ihm hoch.

„So eine Scheiße!", schimpfte er vor sich hin. „So eine Kackscheiße!"

„Pietät, Hartmut", mahnte seine Frau, ebenfalls gereizt. „Pietät!"

„Ach, lass mich doch in Ruhe."

„Ich denk nicht dran. Dein ganzes Verhalten ist unmöglich. Wieso spielst du den Ahnungslosen und tust bei Wolfram so, als ob du von nichts wüsstest?"

„Das ist jetzt auch schon egal. Hätte ich vorhin direkt nach dem Anruf reagiert, hätte ich den Abend abblasen müssen. Und das kann ich mir nicht leisten. Es wäre viel geschickter gewesen, erst später überrascht zu tun und vor aller Öffentlichkeit in Tränen auszubrechen. Dann hätt' ich die Kapelle ‚Ich hatt' einen Kameraden' spielen lassen. Was meinst du, was das für Gefühle bei den Leuten ausgelöst hätte? Es wär' eine Riesenshow gewesen, und die Sympathie der Menge wäre mir nur so zugeflogen."

„Du bist ein Ekel. Ein herz- und gewissenloses Ekel."

„Weiß ich", sagte Hartmut Grühn. „Weiß ich doch. Deshalb hast du mich ja auch geheiratet."

„Nicht nur deshalb", antwortete Erika Grühn. „Es gab schon noch andere Gründe."

„Auch das weiß ich. Illusionen haben wir uns jedenfalls beide nie gemacht."

Ein kleiner Zug belämmert dreinschauender Männer marschierte den Mittelgang auf sie zu.

„Mein Chef kommt gleich“, hatte Kriminalhauptkommissar Bayer nach einem kurzen Telefonat zu Hartmut Grühn gesagt. „Er lotst die wichtigsten Leute heraus. Besprich alles Weitere mit ihnen. Ich muss jetzt rüber zum Riesenrad.“

„Was ist denn dort eigentlich los?“

„Ich muss mir selber erst ein Bild machen“, war der Leiter der Mordkommission der Frage ausgewichen und in der Menge verschwunden.

Trotz seines besorgten Gesichtsausdrucks brachte es der Oberbürgermeister fertig, ausdauernd zu lächeln. Der Landtagsabgeordnete Eckert lächelte ebenfalls, aber bei ihm kam es wie immer als Dauergrinsen einer seit Jahrzehnten festgefrorenen Maske herüber. Dr. Eugen Grob, Bundestagsabgeordneter und früherer Gesundheitsminister in Berlin, trug seine übliche Jovialität zur Schau. Sie war, wie alle wussten, die ihn kannten, nur Fassade. Was sich dahinter verbarg, konnten nicht einmal seine engsten Freunde sagen, und seine ärgsten Feinde ahnten es höchstens. Der Chef der Schweinfurter Polizei hatte eine abweisende, undurchdringliche Miene aufgesetzt und war der Einzige, der Hartmut Grühn keines Blickes würdigte.

„Ich verschaffe mir jetzt einen Überblick über die Lage und informiere Sie dann umgehend“, sagte er zum Oberbürgermeister. „Ich fürchte, es wird eine lange Nacht werden.“

„Kann mir endlich mal einer sagen, was hier eigentlich los ist?“, fragte Hartmut Grühn laut und gereizt. Er war erbost, dass der Polizeichef ihn ignoriert hatte. Der Oberbürgermeister sah sich vorsichtig nach allen Seiten um.

„Leopold Wurzer ist tot“, flüsterte er. „Der Oberstaatsanwalt wurde offenbar hier auf dem Volksfest erschossen. Während einer Fahrt mit dem Riesenrad.“

4

Es war fast dunkel, als Kriminalkommissarin Marion Werner schlechtgelaunt am Ortsrand von Maßbach neben dem Streifenwagen der Polizei anhielt. Ein korpulenter Polizeihauptwachtmeister wuchtete sich heraus und sah sie durch das Seitenfenster streng an.

„Na endlich", knurrte er. „Ich hab schon gedacht, es kommt überhaupt keiner mehr von euch. Die Spurensicherung ist auch noch nicht da."

„Es ist der Teufel los", sagte Marion Werner. „Auf dem Volksfest ist ein ganz großes Ding passiert, und irgendwo in der Pampa zwischen Oberwerrn und Kronungen haben wir einen mysteriösen Leichenfund. Außerdem ist ein Heißluftballon explodiert und abgestürzt."

„Schon klar, junge Frau. Wir hör'n den Funk schon auch mit, keine Sorge. Aber das hier ist ebenfalls nicht von Pappe."

„Und ich habe eigentlich Urlaub", setzte Marion Werner kläglich hinzu.

„Tja, so was nennt man Pech. Ich mach Ihnen das Tor auf, dann können Sie bis zum Schloss hochfahren. Mein Kollege wartet oben. Er führt Sie zum Tatort."

„Ist es sehr schlimm?"

„Schon. Ich hab so etwas noch nicht gesehen."

Der Polizeihauptwachtmeister öffnete das Gittertor und

hob den Daumen. Marion Werner gab Gas und fuhr die schmale Straße den Berg hinauf. Nach ein paar hundert Metern sah sie die grauen Mauern des Schlosses im Schein funzeliger Laternen. Wenigstens ein Dutzend Menschen stand da und starrte ihr entgegen. Sie spürte plötzlich Verantwortung und beschloss, den Urlaub zu vergessen. Der junge Kollege des Polizeihauptwachtmeisters öffnete ihr galant die Wagentür.

„Werner, Kripo", sagte sie betont forsch und stieg aus. „Was ist das hier für ein Auflauf?"

„Die Bewohner des Schlosses", erwiderte der Polizeibeamte. „Schauspieler."

Etwas in seiner Stimme schien sich gegen dieses Wort zu sträuben.

„Merkwürdige Leute", setzte er leise hinzu.

„Okay. Wer hat die Leiche gefunden?"

„Frau Saams, die Leiterin des Fränkischen Theaters. Das ist die Dame dort mit dem Hund. Eigentlich hat er die Leiche entdeckt."

„Er wird uns wenig helfen", meinte Marion Werner kühl. Sie ging auf die große Frau mit den langen Haaren zu. Der Mops zu ihren Füßen winselte leise. Kriminalkommissarin Werner mochte keine Hunde und keine großen Frauen mit langen Haaren. Sie hatte nicht einmal eine Katze, war klein, pummelig und trug ihr Haar aus praktischen Gründen sehr kurz. Am Händedruck von Hanne Saams spürte sie, dass die Unsympathie auf Gegenseitigkeit beruhte.

„Wir müssen durch den Park wandeln", sagte die Theaterleiterin. „Es ist jetzt dort schon erheblich dunkel. Finsternis bedeckt die Erde."

„Wir haben Taschenlampen", erwiderte die Kriminalbeamtin spitz. „Der Kollege geht voran. Wir beide folgen, alle anderen bleiben hier. Der Hund auch."

„Das wird schwierig", sagte Hanne Saams. „Hamlet weicht mir nicht von der Seite. Er ist ein treuer Hund, wenn auch kein treuer Mann."

„Er bleibt hier", blaffte Marion Werner. „Nicht dass er uns den Tatort noch mehr kontaminiert. Was ist das eigentlich für ein bescheuerter Name für einen Hund?"

„Ich glaube nicht", sagte Hanne Saams, „das wir darüber ernsthaft diskutieren können. Wir müssten dazu ziemlich tief in die Metaphernwelt Shakespeares hinabsteigen."

„Das lassen wir besser. Einer Ihrer Leute soll den Hund an die Leine nehmen, und wir machen uns auf den Weg."

Die Theaterchefin hob den Mops hoch und legte ihn einem androgynen Jüngling mit langen blonden Haaren in die Arme.

„Lysander wird auf dich aufpassen, mein Schatz. Ich bin bald zurück, ja?"

Marion Werner verkniff sich jede weitere Frage nach der Bedeutung von Namen und bat den Polizeibeamten, mit der Taschenlampe voranzugehen.

„Nutzen wir die Zeit", sagte sie zu Hanne Saams. „Bringen Sie mich auf den Stand der Dinge. Wer ist der Tote?"

„Klaas Peimann, der Regisseur einer unserer Freilichtproduktionen. Er inszeniert zurzeit den Sommernachtstraum. Inszenierte … muss ich wohl sagen. Er ist sehr tot."

Die Kriminalkommissarin versuchte in der hereinbrechenden Dunkelheit der Frau neben ihr ins Gesicht zu sehen. Sie fragte sich, ob es nur Marotten waren oder der ungenierte Versuch, sie zu verarschen.

„Kann man sehr tot sein?"

„Sie werden es ja gleich erschauen. Die Hölle hat ihre Pforten geöffnet."

Als der Polizeibeamte einige Minuten später den grellen Strahl der Taschenlampe auf den Eingang zur Felsengrotte im Park von Schloss Maßbach gerichtet hielt, begriff Kriminalkommissarin Marion Werner, was Hanne Saams gemeint hatte. Nervös zog sie ihr Handy aus der Tasche.

„Chef", sagte sie, als sich Wolfram Bayer gemeldet hatte. „Ich glaube, du solltest schleunigst hierherkommen."

*

Lange stand er da, die Augen nach oben gerichtet, und Kerstin Weiß fragte sich, ob das ein Versuch war, die Fassung wiederzugewinnen. Denn der Leiter der Schweinfurter Mordkommission war fassungslos gewesen, als er die Leiche in der Gondel des Riesenrades gesehen hatte. Und er hatte es, gegen jede Gewohnheit, nicht verborgen. Mit den Händen war er sich durchs Gesicht gefahren, er hatte kein einziges Schimpfwort ausgestoßen, er hatte überhaupt nichts gesprochen, sein Blick spiegelte Bestürzung und Trauer. Schließlich war er mehrere Schritte zurückgetreten, hatte den Kopf in den Nacken gelegt und damit begonnen, das Riesenrad eingehend zu mustern.

„Das wirft Fragen auf", sagte Wolfram Bayer schließlich. „Viele Fragen."

„Zum Beispiel die, was wir mit den Leuten in den oberen Gondeln machen", sagte Kerstin Weiß.

„Die bleiben erst einmal drin", brummte der Kriminalhauptkommissar. „Da haben sie heute ziemlich viel Riesenrad für ihr Geld. Wir lassen erst die Spurensicherung und den Gerichtsmediziner ran, dann sehen wir weiter."

„Glaubst du, dass der Täter …?"

„Nein", sagte Wolfram Bayer. „Der Schuss kam von woanders."

„Woher willst du das wissen?"

„Ich habe Augen im Kopf, Mädchen."

Sein Handy klingelte. Er nahm den Anruf entgegen. Dann stieß er zum ersten Mal einen seiner ordinären Flüche aus.

„Himmelherrgott, grüne Scheiße! Das gibt's doch nicht! Kerstin, komm mal mit …"

Wolfram Bayer bahnte sich einen Weg durch den Pulk von Beamten der Spurensicherung in weißen Schutzanzügen. Wie eine Armee von Außerirdischen waren sie ausgeschwärmt, um jeden Millimeter des Areals um das Riesenrad akribisch zu untersuchen. Kerstin Weiß folgte ihm zum Eingangsbereich des Fahrgeschäfts.

„Du musst nach Maßbach fahren", sagte Bayer. „Die Werner schafft das nicht allein. Sie ist völlig hysterisch. Die Leiche dort scheint in einem grauenerregenden Zustand zu sein. Ich habe kriminaltechnische Unterstützung aus Würzburg angefordert. Ein Rechtsmediziner ist inzwischen auch auf dem Weg. Sobald ich hier wegkann, stoße ich zu euch. Aber das kann noch Stunden dauern. Du machst das schon …"

„Und was ist mit der anderen Leiche? Auf dem Acker?"

„Keine Ahnung", sagte Wolfram Bayer. „Urban ist dort."

„Urban? Ach du liebe Güte."

„Was will ich denn machen? Wie es aussieht, war es ein Unfall. Er wird schon keinen großen Schaden anrichten."

„Urban und keinen Schaden anrichten? Du bist vielleicht optimistisch."

„In dieser Nacht gelten keine Kriterien wie optimistisch oder was auch immer. Wenn der Wahnsinn tobt, heißt es nur: Augen auf und durch!"

Kerstin Weiß sah das nervöse Flackern in den Augen von Wolfram Bayer. Sie ahnte, unter welcher Spannung er stand. Dinge waren geschehen, die sich jeder Einordnung entzogen, deren Dimensionen nicht sichtbar waren, die sich noch nicht einmal zu Fragezeichen verdichtet hatten. Der Leiter der Mordkommission sah keinen Anhaltspunkt, und Kerstin Weiß wusste, wie sehr er das hasste.

Neben dem Kassenhäuschen wartete der Polizeibeamte mit Blacky und Sören an seiner Seite. Kriminalhauptkommissar Bayer maß sie mit grimmigem Blick.

„Ach, Kerstin, tu mir den Gefallen und nimm diese beiden Radiofuzzis mit nach Schloss Maßbach, ja? Die kann ich hier überhaupt nicht gebrauchen."

„Wie, mitnehmen? Ich bin nicht mehr für die Presse zuständig."

„Egal. Hauptsache, sie sind weg."

„Ich soll zwei Reporter zu einem Tatort mitnehmen? Das ist ja was ganz was Neues."

„Wie ich sagte: In einer solchen Nacht gelten keine herkömmlichen Kriterien. Je weiter der Schwarz von dieser Sache hier weg ist, desto besser. Schaff ihn mir aus den Augen."

Kriminaloberkommissarin Weiß konnte sich ein sehr kleines Grinsen nicht verkneifen. Blacky war für Wolfram Bayer ein rotes Tuch, und wie ein gereizter Stier konnte er blindwütig werden, wenn er ihn nur sah. Sie ging zu den beiden hinüber.

„Okay, Sportsfreunde, wir machen einen kleinen Ausflug aufs Land. Ihr dürft in einem Dienstwagen mitfahren."

„Fällt mir gar nicht ein", trotzte Blacky. „Ich bewege mich keinen Zentimeter von hier weg. Und ich möchte eine Stellungnahme zum Tod von Oberstaatsanwalt Doktor Wurzer."

„Für Stellungnahmen bin ich nicht mehr zuständig, wie du weißt", sagte Kerstin Weiß. „Und jetzt in aller Freundschaft: Hier wirst du in dieser Nacht nichts erfahren. Gar nichts. Aber in Schloss Maßbach werdet ihr etwas sehen, was unser *Curiositäten-Cabinett* von vorhin in den Schatten stellen wird."

„Jetzt machst du mich neugierig", sagte Blacky.

„Na, dann komm. Und der Kollege Eckenstade schließt sich uns an. Und zwar ein bisschen dalli."

*

Der Mann lag am Rand eines Rapsfeldes, das bei Tag gelb geleuchtet hatte und in der hereinbrechenden Nacht fahl schimmerte. Er lag auf dem Bauch, sein Körper grotesk verrenkt. Kriminalmeister Kilian Urban stand daneben und sog immer wieder geräuschvoll Luft mit der Nase ein.

„Was machen Sie da eigentlich?", fragte einer der beiden Rettungssanitäter, die nichts mehr zu tun hatten, aber so etwas wie eine Totenwache zu halten schienen.

„Ich nehme Witterung auf", sagte der junge Beamte. „Und ich versuche zu erspüren, was hier geschehen ist."

„Und was haben Sie schon erspürt?"

„Nichts. Bisher."

„Sie wissen aber, wie dieser Mann zu Tode gekommen ist?"

„Nein", sagte Kilian Urban. „Keine Ahnung."

„Er ist vom Himmel gefallen."

„Aha."

„Ja“, sagte der Rettungssanitäter. „Die typischen Verletzungen. Selbstmörder, die von einer Autobahnbrücke gesprungen sind, sehen so aus.“

Kriminalmeister Urban sah sich aufmerksam um.

„Hier ist aber keine Autobahnbrücke.“

„Eben. Und das ist ja das Merkwürdige.“

Der Rettungssanitäter blickte ihn bedeutungsvoll an.

„Sie sehen den Zusammenhang nicht, stimmt's?“

„Welchen Zusammenhang?“

Blaulichter flackerten, Autoscheinwerfer krochen durch die Dunkelheit auf sie zu.

„Na endlich“, sagte Kilian Urban. „Verstärkung. Wir stehen jetzt hier schon über eine Stunde rum. Und wissen nichts außer dem Namen dieses toten Mannes.“

„Sie wissen nichts“, antwortete der Rettungssanitäter. „Ich weiß einiges.“

5

Sie hatten sich in dem kleinen Biergarten abseits an einen Tisch gesetzt, und Hartmut Grühn ließ zwei Flaschen Mineralwasser kommen. Niemand wollte Bier. Drei Politiker und ein Brauereibesitzer mit Ehefrau schwiegen düster vor sich hin. Keiner schien sich aus der Deckung wagen zu wollen. Hartmut Grühn kannte sie alle gut, viel besser, als sie ihn kannten. Und das, was er von ihnen nicht wusste, ahnte er. Der Oberbürgermeister war ein Leichtgewicht, das noch nicht viel auf dem Kerbholz hatte. Der Landtagsabgeordnete war ein Mittelschwergewicht, das es nie geschafft hatte, ganz große Dinger zu drehen. Und Eugen Grob, Abgeordneter in Berlin und ehemaliger Bundesminister, war ein Elefant, ein Dickhäuter, mit allen Wassern gewaschen und zu allem fähig. Er war es, der schließlich das Wort ergriff und von Dubai zu berichten begann, wo er gerade gewesen war.

„Mein Freund Salem wird sich jetzt wohl dort ganz niederlassen", sagte er. „Und seine Klinik im Steigerwald schließen. Ein Verlust."

„Wozu brauchen die Scheichs denn einen Schönheitschirurgen?", mokierte sich Eckert. „Ihre Weiber laufen doch sowieso nur verschleiert herum."

„Du würdest dich wundern", erwiderte Eugen Grob grinsend, „was dort alles möglich ist."

„Aha", sagte Eckert. „Aha. Na ja, ich kann's dem Doktor

Salem nicht verdenken, dass er ein neues Leben beginnen will. Die Frau tot. Die Tochter tot. Und wer's glauben will, dass die arme Rosemary eine Hexe und Kindermörderin gewesen sein soll, mag es glauben. Ich jedenfalls bin überzeugt davon, dass da etwas ganz anderes dahintergesteckt hat." *

„Ich auch", sagte Erika Grühn leise.

Dr. Eugen Grob räusperte sich vernehmlich und schaute wie der Buddha in eine zeitlose Ferne.

Der Oberbürgermeister setzte ein schüchternes Lächeln auf.

„Das ist alles Vergangenheit", sagte er. „Dieser Abend ist Gegenwart."

„Ja, und was willst du damit sagen?", fragte Eugen Grob.

„In meiner Stadt ist soeben der Leitende Oberstaatsanwalt unter grotesken Umständen ermordet worden. Wir sollten darüber nachdenken, wie man damit umgeht."

„Aha", sagte Eckert. „Aha."

„Wie man damit umgeht?", fragte Eugen Grob.

„Kriminalhauptkommissar Bayer ist ein sehr tüchtiger Mann", sagte der Oberbürgermeister. „Und er gehört nicht zu uns."

„Schon klar", erwiderte Eugen Grob. „Alles schon bedacht. Ich werde morgen früh ein paar Telefonate führen."

„Darauf wollte ich hinaus", sagte der Oberbürgermeister.

„Vielleicht ist es jetzt doch Zeit für eine Maß?", schaltete sich Hartmut Grühn ein.

„Nicht in der Öffentlichkeit", entschied Eugen Grob. „Wir sollten uns auflösen. Vielleicht könnte man noch organisieren, dass wir vor der Presse sehr betroffen ein Statement abgeben. So was macht sich immer gut."

„Ich kümmere mich darum", sagte der Oberbürger-

*Gemeint sind die Geschehnisse in „Walpurgisnacht" (Schweinfurter Kriminalroman 3)

meister. „Ich lasse den Hilfreich von der Zeitung suchen. Er wird ja wohl hier irgendwo herumschleichen."

„Das Radio?", fragte Eugen Grob.

„Röder ist schon stockbesoffen. Aber seine Chefin vom Dienst ist auch da. Da wird sich schon was machen lassen."

„Solange ich nur diesen Schwarz nicht sehen muss", knurrte Eugen Grob.

Der Polizeichef tauchte am Eingang des Biergartens auf und kam auf sie zu.

„Es tut mir leid", sagte er. „Wir haben eine absolute Nachrichtensperre verhängt. Das gilt auch für Sie, meine Herrschaften. Ich kann Ihnen deshalb keinerlei Auskunft mehr geben."

„Na, na, na", murrte Eckert.

Der Polizeichef überging den Einwurf. Er wandte sich an Hartmut Grühn.

„Herr Grühn, ich würde Sie gern unter vier Augen sprechen", sagte er. „Dieser Abend ist voller Komplikationen."

*

Kerstin Weiß jagte den Dienst-BMW durch die Nacht. Blacky saß neben ihr und hatte schon am Obertor jeden Versuch aufgegeben, ein Gespräch mit ihr zu führen. Sie schwieg beharrlich, die Lippen zusammengepresst. Sören auf dem Rücksitz ließ sich von der Dauerstille nicht beirren. Es sei ungeheuerlich, ließ er in mehreren Varianten wissen, wie die Arbeit der Presse behindert und mit Füßen getreten werde.

„Halt endlich die Klappe", sagte Kerstin Weiß schließlich, als sie die Deutschhöfer Straße stadtauswärts fuhren.

„Duzen wir uns?", fragte Sören spitz.

„Jetzt ja", erhielt er zur Antwort.

„Immerhin etwas", sagte er und schloss sich ergeben dem allgemeinen Schweigen an.

Kurz vor Maßbach telefonierte Kerstin Weiß mit Marion Werner. Blacky sah, wie sie danach die Lippen noch fester zusammenpresste. Ihr Gesicht wurde zu jener Maske, die er kannte und fürchtete.

Der Polizeibeamte am Tor winkte sie durch. Oben am Schloss stand eine Gruppe von Menschen und schien auf irgendetwas zu warten. Irgendwo winselte ein Hund. Ein junger Polizist trat auf Kerstin Weiß zu.

„Ich zeige Ihnen den Weg", sagte er.

„Okay, Sportsfreunde", sagte Kerstin Weiß zu Blacky und Sören. „Ich schau mir das jetzt erst alleine an. Dann entscheide ich, wie wir weiter verfahren."

„Aber …", versuchte Blacky einen Einwand wider besseres Wissen. Kerstin Weiß schüttelte nur den Kopf und folgte dem Polizeibeamten auf dem Pfad durch den Schlosspark.

„Na gut", sagte Blacky zu Sören. „Dann beginnen wir halt hier mit unserer Arbeit. Wir führen ein paar nette Gespräche mit diesen netten Leuten, die da in der Gegend rumstehen. Ich würde gern bei der jungen Dame mit den blonden Haaren anfangen."

„Okay", erwiderte Sören. „Zeigen wir, was investigative Journalisten so alles draufhaben."

*

Der Volksfestplatz strahlte seinen grellbunten Glitter in die Nacht, als Hartmut Grühn mit seiner Frau hinüber zum VIP-Parkplatz ging. Er warf einen letzten bedauernden Blick zurück.

„Das war's", sagte er. „Mein Abend. Der Abend des Festwirts. So eine gottverdammte Scheiße. Na gut, wenden wir uns der Realität zu. Wie konnte das nur passieren? Ich hab vor dem Polizeichef natürlich den Ahnungslosen geheuchelt. Er hat's mir abgenommen."

„Du bist eben sehr überzeugend", sagte Erika Grühn spöttisch.

„Weiß ich doch. Wir fahren jetzt dahin. Mir graut's davor."

Hartmut Grühn fuhr die Bellevue hinab, an Niederwerrn vorbei, dann bog er nach Oberwerrn ab. Sein Navi lotste ihn durch das Dorf auf eine kleine Straße Richtung Kronungen. Kurz vor der Storchenmühle blinkten Blaulichter in der Nacht. Ein Feuerwehrmann verwehrte ihm die Weiterfahrt.

„Sie können hier nicht durch", sagte er. „Unfall."

„Kann ich doch", erwiderte Hartmut Grühn. „Ich habe vom Polizeichef in Schweinfurt die Erlaubnis. Der Tote, der dort liegt, ist ein Mitarbeiter von mir. Ich soll ihn identifizieren."

Der Feuerwehrmann gab zögernd den Weg frei.

Hundert Meter weiter hielt ein Polizeibeamter den Wagen an. Unwirsch wiederholte Hartmut Grühn seine Worte. Der Polizist nickte und bat ihn, auszusteigen.

„Dort drüben ist Kriminalmeister Urban. Er führt die Ermittlung."

„Was, dieses Bürschchen? Das kann ja heiter werden."

Hartmut Grühn gab seiner Frau ein Zeichen, ihm zu folgen. Kurz angebunden stellte er sich Kilian Urban vor. Die Rettungssanitäter traten zur Seite, und dann konnte er den Körper sehen, der zerschmettert am Boden lag. Der Rechtsmediziner kniete daneben und war mit seiner Untersuchung beschäftigt.

„Wissen Sie, wer das ist?“, fragte Kriminalmeister Urban.

Der Kopf des Mannes war zur Seite gedreht. Hartmut Grühn sah lange in das Gesicht seines toten Freundes.

„Ja“, sagte er knapp. „Norbert Hagmeyer. Mein Braumeister.“

„Das ist auch meine Erkenntnis“, sagte Kilian Urban. „Er hatte seinen Bundespersonalausweis bei sich.“

„Und wo ist der Ballon?“, fragte Hartmut Grühn.

„Welcher Ballon?“

„Der Heißluftballon, mit dem er abgestürzt ist. Er soll explodiert sein.“

„Woher wissen Sie das?“

„Von Ihrem Chef. Außerdem hatte mich das Bodenteam des Ballons verständigt, dass ein Unglück passiert sei.“

„Ja“, sagte Kriminalmeister Urban langsam. „Irgendwo bei Pfersdorf ist ein Heißluftballon abgestürzt … Aber das ist ja kilometerweit entfernt …“

Er machte eine sehr lange Pause und schien angestrengt nachzudenken.

„Oh“, sagte er schließlich. „Ich beginne einen Zusammenhang zu sehen.“

„Endlich“, murmelte der Rettungssanitäter neben ihm.

„Und wieso liegt mein Freund dann hier?“, fragte Hartmut Grühn.

„Er scheint irgendwie vom Himmel gefallen zu sein“, erwiderte Kilian Urban.

6

Als Kriminaloberkommissarin Kerstin Weiß nach einer halben Stunde kreidebleich im Gesicht mit Hanne Saams zum Schloss zurückkehrte, wussten Blacky und Sören schon ziemlich gut Bescheid. Die blonde Schauspielerin hieß Kristin und hatte sich als echtes Plappermäulchen herausgestellt, das alles ausplauderte, was an diesem Abend an Gerüchten im Fränkischen Theater kursierte. Sören war auf einen Mann mit Schnapsflasche in der Hand zugegangen, hatte sich fachkundig über diverse Klare geäußert und nach dem ersten Glas herausgefunden, dass Philipp Bühnentechniker war und von der Insel Borkum stammte. Daraufhin setzten die beiden ihr Gespräch lautstark auf Plattdeutsch fort, was trotz der gedrückten Stimmung für Erheiterung sorgte. Kerstin Weiß traf Sören nicht mehr nüchtern und Blacky in angeregter Unterhaltung mit Kristin an. Beide nahmen keine Notiz von ihr. Sie stellte sich neben die Holzbank, auf der Blacky und die Blonde nah beieinandersaßen.

„Kann ich dich mal sprechen?"

„Klar", sagte Blacky und sah zur ihr hoch. „Das ist übrigens Kristin."

„Ja", sagte Kerstin Weiß. „Ich werde die junge Dame gleich noch kennenlernen. Wenn ich Sie jetzt bitten dürfte, mit den anderen in den Salon zu gehen … Frau Saams stellt ihn mir für die erste Befragung zur Verfügung."

„Ich weiß nichts", sagte Kristin. Ihre vollen Lippen zogen einen dicken Schmollmund. „Außerdem bin ich müde."

„Das sind wir wohl alle", entgegnete Kerstin Weiß kalt. „Ich fürchte, es wird dennoch eine lange Nacht werden."

Kristin stand widerstrebend auf und tänzelte davon. Kerstin Weiß setzte sich neben Blacky auf die Bank.

„Okay", sagte sie. „Zum Procedere. Ich kann euch nicht gestatten, den Tatort zu sehen. Tut mir leid. Und ich muss erst mit dem Chef besprechen, welche Details wir wann und wie bekanntgeben. Im Augenblick darf niemand erfahren, was dort abgelaufen ist."

„Ein Massaker", sagte Blacky. „Eine Schlachtung. Klaas Peimann, der Regisseur. Soll ein echter Kotzbrocken gewesen sein."

Kerstin Weiß sah ihn nicht an.

„Du hast natürlich recherchiert ... hochgestochen gesagt. Dabei hast du nur die kleine Blonde ausgefragt. Aber das war's dann schon für dich. Du hältst dich hier raus, ja? Keine deiner üblichen Touren! Hast du mich verstanden?"

„Klar", sagte Blacky. „Du bist die Mordkommission."

„Dann lasse ich euch jetzt von einem Streifenwagen nach Schweinfurt zurückbringen. Es war eine Scheißidee von Bayer, euch mitzunehmen."

„Stimmt. Das hat's voll gebracht. Was dürfen wir denn morgen früh der Öffentlichkeit von den schrecklichen Geschehnissen auf Schloss Maßbach mitteilen?"

„Nett, dass du das immerhin fragst. Ich hab keine Ahnung. Vielleicht nimmt mich euer Samstagsmoderator *on air,* und ich sage das, was ich mit Bayer abgesprochen habe. Wäre das okay?"

„Du bist doch gar nicht mehr für die Presse zuständig."

„Aber ich habe auch noch keinen Nachfolger. Ich melde mich, und du wartest hier mit deinem Kollegen, bis der Streifenwagen kommt."

Sie nickte ihm zu und verschwand mit Hanne Saams im Innern des Schlosses. Die kleine Gruppe, die noch im Freien herumgestanden hatte, folgte ihnen. Sören tauchte wie aus dem Nichts auf. Er roch nach Schnaps und war in bester Stimmung.

„Hab alles gehört", sagte er. „Philipp hat mir den Weg erklärt. Hier runter, dann dem Pfad nach rechts folgen. Am Schluss müssen wir uns natürlich anschleichen. Und nichts wie los, bevor unser Taxi kommt."

„Let's go", sagte Blacky.

*

Vier Männer des Bestattungsunternehmens *Medich* hoben die Leiche von Oberstaatsanwalt Dr. Leopold Wurzer auf Anweisung des Gerichtsmediziners behutsam aus der Gondel des Riesenrads und betteten sie in den grauen Transportsarg. Kriminalhauptkommissar Wolfram Bayer sah schweigend zu; seine Gedanken drehten sich im Kreis, stoppten abrupt, blockierten, es wurde ihm fast schwarz vor Augen, dann wirbelten die wirren Überlegungen erneut durch seinen Kopf. Als zwei Männer den Deckel des Sarges schlossen, musste er sich beherrschen, angesichts des absurden Anblicks nicht laut loszulachen: Der feinsinnige, kultivierte, distinguierte Oberstaatsanwalt trug immer noch die rote Baseballkappe auf dem Kopf. Wolfram Bayer wusste, dass dieser Drang zu lachen ein Signal war: Er stand in Gefahr, die Fassung zu verlieren und hysterisch zu werden. Das war ihm in seiner gesamten beruflichen Laufbahn nur zweimal passiert, und jedes Mal waren es Verbrechen gewesen, die zunächst völlig außerhalb seiner Vorstellungen gelegen hatten. Dies hier gehörte zu jener Kategorie, und er hielt es für möglich, dass er sogar zu einer Dimension vorstoßen könnte, die noch einmal alles übertraf. Der Mord an einem Oberstaatsanwalt auf einem Riesenrad war so weit jenseits aller Normalität, dass der Rand des Möglichen und der Beginn des Unmöglichen in Betracht zu ziehen sein würden. Nur von einem besaß Wolfram Bayer bereits eine recht klare Vorstellung: was es mit der roten Baseballkappe auf sich hatte.

Die Beamten der Spurensicherung stürzten sich auf die leere Gondel. Schon nach ein paar Sekunden kam einer von ihnen zum Leiter der Mordkommission und sagte: „Unter dem Sitz liegt eine Tasche."

Er leuchtete mit einer starken Lampe in die Gondel hinein. Eine blaue Sporttasche mit Reißverschluss.

„Macht eure Fotos", sagte Wolfram Bayer. „Dann schauen wir uns das an."

Ein Kriminaltechniker fotografierte den Fundort mit Tasche aus mehreren Blickwinkeln. Der Kriminalhauptkommissar zog Gummihandschuhe über und holte die Tasche unter dem Sitz hervor. Behutsam öffnete er den Reißverschluss.

„Das überrascht mich jetzt doch", sagte er nach einem Blick auf den Inhalt. „Es wird ja immer toller."

*

Der grüne Heißluftballon mit dem altehrwürdigen Firmenzeichen der Brauerei *Grühn* war im Sinken gewesen, plötzlich wieder nach oben gestiegen und in Flammen aufgegangen. Die verkohlten Überreste lagen verstreut auf einer Wiese zwischen Maibach und Pfersdorf, angestrahlt von Scheinwerfern mehrerer Feuerwehrautos. Drei Streifenwagen der Schweinfurter Polizei standen auf einem Feldweg. Feuerwehrleute und Polizisten diskutierten lebhaft über mögliche Ursachen des Absturzes.

„Wir hatten plötzlich keinen Handykontakt mehr mit Norbert", erklärte Fridolin Pfeuffer. Das Entsetzen stand ihm noch ins Gesicht geschrieben. „Er hatte uns gesagt, wir sollen die B 19 hochfahren und nach Holzhausen abbiegen. Ich hab den Ballon dann nicht mehr gesehen, er muss ziemlich niedrig gewesen sein. Und auf einmal war da dieser Feuerball am Himmel. Ich hab sofort gewusst, was passiert ist."

Der vierschrötige Mann mit dem roten Gesicht knetete verzweifelt die Hände. Hartmut Grühn verspürte den ungewöhnlichen Drang, seinem langjährigen Lageristen ein paar aufmunternde Worte zu sagen, ließ es aber sein. Er wusste, dass er keine finden würde und das Sache seiner Frau war.

„Und wer war verdammt nochmal mit im Korb?", polterte er stattdessen, um kein Gefühl zeigen zu müssen.

„Das ist eine gute Frage", sagte Fridolin Pfeuffer. „Ein Mann. Norbert hat ihn uns nicht vorgestellt. Er hat nur gesagt: ein Geschäftsfreund vom Chef."

„Käs'", sagte Hartmut Grühn. „Ich hab nicht einmal gewusst, dass Norbert heute eine Fahrt machen wollte."

„Es war auch alles ein bisschen merkwürdig. Anders als sonst. Norbert schien sich mit dem Mann irgendwie nicht einig zu sein. Es hat ewig gedauert, bis sie endlich losgekommen sind."

„Von wo sind sie eigentlich gestartet?“

„Von den Mainwiesen bei Oberndorf. Südostwind.“

„Und wo ist dieser Kerl jetzt?“, fragte Hartmut Grühn in die Runde. „Auch tot?“

„Keine Ahnung“, antwortete ein Polizeibeamter. „Die Feuerwehrleute haben schon stundenlang gesucht. Wir müssen warten, bis es hell wird. Wenn hier irgendwo im Umkreis eine Leiche herumliegt, finden wir die nur bei Tageslicht. Und einen Suchhund kriegen wir auch erst morgen früh.“

„Aber wenn er noch lebt?“, sagte Fridolin Pfeuffer. „Man muss weitersuchen.“

„Ja“, sagte der Polizeibeamte. „Wenn das so einfach wäre. Wir warten auf Befehl von oben.“

Hartmut Grühn ging zu seiner Frau zurück, die neben dem Mercedes wartete.

„Wir fahren nach Hause“, sagte er. „Wir können nichts mehr tun.“

Fridolin Pfeuffer war seinem Chef gefolgt.

„Norbert?“, fragte er mit gepresster Stimme. „Er ist doch nicht etwa aus dem Korb gesprungen?“

„Bin ich der liebe Gott?“, knurrte Hartmut Grühn gereizt. „Ich habe keine Ahnung, was da los war. Aber ich werde es herausfinden. Das schwör ich euch.“

Er stieg in den Wagen und knallte die Tür zu.

*

„Was is’n das überhaupt für ein Laden hier?“, fragte Sören, als sie den schmalen Pfad entlangschlichen, der sich zwischen Rasenflächen und Bäumen dahinschlängelte. Die Nacht war inzwischen mondhell geworden.

„Ein Theater", sagte Blacky. „Im Sommer Stücke auf der Freilichtbühne, im Winter auf einer kleinen Bühne innen."

„Das hab ich schon begriffen. Ich meine dieses Schloss. Bisschen mickrig, oder?"

„Keine Ahnung. Ich glaube, das war eigentlich eine Art Villa oder Jagdschlösschen. Hat wohl mal einem Industriellen gehört. Wir sollten jetzt besser leise sein."

Der Pfad führte abwärts, dann tauchten plötzlich Mütze und Hinterkopf eines Polizisten auf, der weiter unten stand und ihnen den Rücken zukehrte.

„Hier kommen wir nicht weiter", flüsterte Blacky. „Wir müssen uns seitwärts durch die Büsche schlagen."

„Abgedroschene Phrase", nölte Sören. „Eines Radiomoderators nicht würdig."

„Halt die Klappe. Und komm mit."

Sie schlugen sich seitwärts durch die Büsche und gelangten von links zu der Mulde, in der ein romantischer Geist die Felsengrotte von Schloss Maßbach hatte errichten lassen. Ein Holunderstrauch versperrte ihnen die Sicht. Blacky schob einige Zweige behutsam beiseite.

Ein paar Meter entfernt stand Kriminalkommissarin Marion Werner. Sie sah angegriffen aus. Die uniformierten Polizeibeamten hatten eine kleine Gruppe gebildet und taten so, als ob sie das Ganze nichts anginge. Alle schienen auf irgendetwas zu warten, das vielleicht gar nicht eintreten würde.

Dieses schweigende Warten gab dem grauenerregenden Bild etwas Surreales – als wäre tatsächlich alles nur auf einer Theaterbühne nachgestellt. Blacky wusste nun, was Kerstin Weiß gemeint hatte: Das hier übertraf die gruseligen Bilder des *Curiositäten-Cabinetts* auf dem Volksfest bei weitem, und es war trotz aller Unwirklichkeit furchtbar real. Das Mondlicht beleuchtete einige Details grell und ließ andere in dunklem Schatten.

Am Eingang der Felsengrotte hing ein Mann, den Kopf nach unten, aufgehängt an den Füßen, die Beine gespreizt. Die Arme baumelten zum Boden. Sein Oberkörper war nackt und in zwei Hälften gespalten. Rohes Fleisch, weiße Rippen. Die Eingeweide quollen aus dem Bauch, dehnten sich nach unten, bedeckten das Gesicht. Lange blonde Haare, blutverschmiert, standen wirr vom Kopf ab. Es war viel Blut geflossen, schwarzschimmernde Flächen auf dem Gras.

Blacky hörte ein würgendes Geräusch und sah, wie Sören sich heftig erbrach. Die Polizeibeamten drehten sich um, zwei von ihnen gingen auf den Holunderstrauch zu.

„Wir müssen weg", zischte Blacky.

„Kann nicht", japste Sören. „Muss noch mal kotzen."

„Du Idiot."

Die Polizeibeamten gingen von zwei Seiten um den Strauch herum. Der Strahl ihrer Taschenlampen leuchtete Blacky und Sören ins Gesicht.

„Ach", sagte einer der beiden.

„Frau Werner, kommen Sie mal", rief der andere.

Kriminalkommissarin Marion Werner baute sich vor ihnen auf.

„Natürlich", sagte sie. „Herr Schwarz. Wer auch sonst? Ist Ihrem Kollegen schlecht?"

„Sozusagen, ja."

„Und was machen Sie hier?"

„Recherchieren", sagte Blacky. „Ureigenste Aufgabe der Presse."

„Na gut, dann werde ich mal Ihre Freundin rufen. Die

soll Sie an die Leine legen. Sie fressen ihr doch sowieso aus der Hand, oder?“

„Ich bin kein Hund. Wenn Sie sich mal bitte um eine andere Ausdrucksweise bemühen!“

„Ich könnte noch ganz anders“, sagte die Kriminalkommissarin. „Sie behindern hier polizeiliche Ermittlungsarbeit. Soll ich Sie abführen lassen?“

Marion Werner wandte sich ab und griff zum Handy.

„Wieso wird dir schlecht, du Idiot?“, blaffte Blacky Sören an. „Ich dachte, du kannst Fische schlachten.“

„Ja, Fische. Aber keine Menschen. Und keine Schweine. Und der hier wurde geschlachtet wie ein Schwein. Was für eine Sauerei.“

Blacky nickte. Der Mensch ist ein Tier, dachte er. Wer das getan hatte, musste Klaas Peimann tief verabscheut haben. Und er wollte mit diesem Massaker etwas aussagen, etwas mitteilen. Was auch immer das war.

*

Die Backsteinfassade ihrer Gründerzeitvilla glänzte im Mondlicht. Eingerahmt von alten Bäumen hätte sie jetzt auch Teil eines verwunschenen Schlosses sein können. Die Türmchen und Erker schienen wie Illustrationen aus einem Märchenbuch zu sein. Weder Hartmut noch Erika Grühn hatten einen Blick dafür.

Auf der Rückfahrt nach Schweinfurt hatten sie geschwiegen und vor sich hin gebrütet. Kurz nach Mitternacht hielt Hartmut Grühn vor dem Prtal des Anwesen am Klößberg an.

„Fährst du nicht in die Garage?“, fragte Erika Grühn.

„Ich will noch einmal runter", antwortete der Brauereibesitzer leise.

„Jetzt noch?"

„Ist das so ungewöhnlich?"

„Nein", sagte sie. „Aber du bist besessen."

„Das kann schon sein." Er sah sie nicht an. „Gute Nacht."

Ohne ein weiteres Wort stieg sie aus. Nur kurz schaute sie den Rücklichtern des Mercedes hinterher, die sich in der Dunkelheit rasch von ihr entfernten. Sie nahm den Schlüssel aus der Tasche und öffnete die mächtige Tür aus wuchtigem Holz. Drinnen schlugen ihr Stille und Einsamkeit entgegen. Wie immer in solchen Momenten ertrug sie kein Licht. Sie ging im Dunkeln zu Bett.

7

Mitten in der Nacht kam ihre SMS, auf die er seit Stunden gewartet hatte. Sie hatte nichts von der gewohnten spielerischen Eleganz.

Ich weiß nicht, was geschehen ist. Weißt Du es?

Das war wenig und keine Antwort auf die Nachricht, die er ihr am Abend gleich mehrfach geschickt hatte: *Wo bist Du?*

Will Bernhard unternahm erneut einen der vielen Versuche, sie auf dem Handy direkt zu erreichen. Sie nahm nicht ab, und eine Mobilbox hatte sie aus Prinzip nicht eingerichtet. Es sei stillos und mit dem wahren Menschsein nicht zu vereinbaren, auf solch unnatürliche Weise miteinander zu sprechen – das war eine ihrer vielen abseitigen Ansichten, die er hasste und gleichzeitig bewunderte. Sie lebte konsequent gegen den Geist der Zeit und machte dabei ständig bemerkenswerte Ausnahmen. Ihre Vorliebe für die Kurzform der SMS war eine davon.

Also schrieb er zurück: *Ich weiß nichts. Aber ich habe viele Fragen. Wir müssen uns sehen.*

Es dauerte endlose Minuten, bis sie antwortete. *Nein!*

Es dauerte endlose Sekunden, bis er begriff, wie ernst sie das meinte. Sie hatte ihm noch niemals eine Nachricht geschickt, die nur aus einem Wort bestand. Aus einem Wort mit Ausrufezeichen. Aber er erinnerte sich an den Satz, den sie ihm schon sehr früh gesagt hatte: „Wenn ich nein sage, meine ich nein, und es bleibt bei diesem Nein.“

Trotzdem versuchte er es gegen jedes bessere Wissen:

Das ist kein Spiel mehr. Wir müssen uns jetzt der Realität stellen. Bitte sage mir, wo Du bist. Ich möchte bei Dir sein!

Er schickte die Kurznachricht ab und wusste, dass es sinnlos war. Sie würde nicht mehr antworten. Plötzlich verspürte er einen heftigen Widerwillen gegen diese absurde Form der Kommunikation. Es gab kein Gegenüber, das einem ins Auge sehen musste. Jeder konnte sich hinter der Beliebigkeit verschanzen, ob er antworten wollte oder nicht. Das, was sie so sehr geißelte – die degenerierte Art moderner menschlicher Kontaktformen –, nahm sie für sich selbst in Anspruch, wenn es ihr passte. Das machte ihn nicht zum ersten Mal wütend, aber jetzt mischte sich eine nie gekannte Hoffnungslosigkeit in die Wut. Nun, da alles anders war als vorher, dämmerte es ihm, dass vielleicht gar nichts mehr sein würde wie bisher.

Und das nach diesem Abend, an dem er um ihretwillen der flachsblonden Kriminaloberkommissarin mit entwaffnendem Lächeln eiskalt ins Gesicht gelogen hatte.

*

In den frühen Morgenstunden fuhren die beiden Kriminalbeamtinnen Kerstin Weiß und Marion Werner mit dem Leiter der Mordkommission nach Schweinfurt zurück. Wolfram Bayer war spät in der Nacht noch in Maßbach erschienen, um sich selbst ein Bild von dem Geschehnis dort zu machen.

Mit müder Stimme, aber hellwach teilte er während der Fahrt seinen beiden Kolleginnen den Stand der Dinge mit, was das Verbrechen an Oberstaatsanwalt Dr. Leopold Wurzer auf dem Volksfestplatz betraf.

„Die Rechtsmedizin führt die Obduktion in Würzburg noch in dieser Nacht durch. Wir werden am Morgen also Ergebnisse haben. Zweifelsfrei steht aber schon fest, dass Oberstaatsanwalt Wurzer erschossen worden ist. Ein präziser Schuss mitten in die Stirn. Über den Einschusswinkel bin ich mir überhaupt nicht im Klaren. Da muss ich noch abwarten, was die Leichenschnipsler sagen werden. Wir haben einen Zeugen, einen Ukrainer mit unaussprechlichem Namen, der aussagt, dass Leopold Wurzer mit einer roten Baseballkappe auf dem Kopf fast eine Stunde lang Riesenrad gefahren ist. Bestätigt durch die Frau an der Kasse, derzufolge er zehn Fahrchips auf einmal gekauft hat. Für sich alleine. Na, Geld genug hatte er ja."

„Wie meinst du das?", fragte Kerstin Weiß.

Wolfram Bayer machte eine lange Pause, bevor er die Bombe platzen ließ.

„Er hatte in einer Sporttasche eine Million Euro bei sich. Zehntausend Einhundert-Euro-Scheine."

„Das ist … interessant", sagte Kerstin Weiß.

„Nicht wahr? Unser strenger, stocksteifer, distinguierter Oberstaatsanwalt fährt auf dem Schweinfurter Volksfest Riesenrad und hat eine Million Euro dabei."

„Und eine rote Baseballkappe auf dem Kopf", warf Kriminalkommissarin Werner ein.

„Sie war die Zielmarkierung", sagte Wolfram Bayer.

„Du meinst …?"

„Ja. Der Schuss wurde ganz sicher nicht aus einer anderen Gondel des Riesenrades abgegeben, sondern aus einer gewissen Entfernung. Auf einen Mann mir roter Kappe."

„Das bedeutet, dass diese Kappe kein Zufall war", überlegte Kerstin Weiß.

„Natürlich nicht. Leopold Wurzer hätte niemals eine rote Baseballkappe in der Öffentlichkeit getragen. Sie war ein Erkennungszeichen."

„Für eine Geldübergabe."

„Chapeau, Kollegin", erwiderte Wolfram Bayer. „So stellte es sich für Oberstaatsanwalt Wurzer dar. Deshalb hatte er diese Kappe aufgesetzt. In Wahrheit war sie aber eine Zielmarkierung."

„Das ergibt doch alles keinen Sinn", meinte Marion Werner genervt. „Reine Hypothesen."

Es wurmte sie, dass Kerstin Weiß schneller gedacht hatte als sie.

„Richtig", bestätigte der Kriminalhauptkommissar. „Aber Hypothesen sind die Basis unserer Arbeit."

„Wir sollten erst einmal solide alle Fakten analysieren", beharrte Marion Werner.

„Das werden wir tun. Es hindert uns aber nicht, auch Hypothesen gedanklich durchzuspielen."

„Gut", sagte Marion Werner. „Und welche Hypothesen hast du zu dem Gemetzel in Schloss Maßbach?"

„Noch keine", antwortete Wolfram Bayer. „Hier ist alles offen. Beziehungstat. Rache. Ein Psychopath. Ich hoffe, dass uns die Obduktion Hinweise gibt. Es ist mir völlig schleierhaft, wie dieser Mord überhaupt ausgeführt wurde."

„Es müssen mehrere Täter gewesen sein", sagte Kerstin Weiß. „Ein einzelner hätte den Mann so nicht aufhängen können."

„Einer, der sein Handwerk versteht, vielleicht schon", entgegnete Wolfram Bayer.

„Du meinst, ein Metzger?“

„Zum Beispiel. Aber die Brutalität ist natürlich bemerkenswert.“

Kerstin Weiß spürte, wie ihr ein Schauer den Rücken hinunterlief. Der erste Fall, seit sie in der Mordkommission tätig war, der über Banalität und Routine hinausging. Ein brutales Verbrechen. Etwas, von dem sie träumte, seit sie ein Teenager war. Etwas, das wirklich nach Blut roch. Jenseits aller Normalität. Grausam. Abartig. Von erschreckender Wucht. Sie war sich der Schrägheit dieser Gedanken bewusst. Aber sie empfand keine Scham darüber. Im Gegenteil. Jetzt war sie da, wo sie immer hingewollt hatte.

„Diese Schauspieler“, sagte Marion Werner verächtlich. „Einer durchgeknallter als der andere. Sie reden nur wirres Zeug.“

„Mindestens einer hat gelogen, dass sich die Balken gebogen haben“, meinte Kerstin Weiß. „Dieser Will Bernhard. Er hat versucht, durch Schauspielerei und sympathisches Auftreten seine Lügen zu verbergen. Er weiß mehr als alle anderen.“

„Ach, der Schönling.“ Marion Werner verzog das Gesicht. „Typisch, dass der dir aufgefallen ist.“

Kriminaloberkommissarin Kerstin Weiß überging die Spitze, die in der Bemerkung lag.

„Er ist mir auch deshalb aufgefallen“, sagte sie, „weil er mich an jemanden erinnert. Ich weiß nur nicht, an wen.“

*

Blacky war mit einem Ruck hellwach. Erschrocken sah er auf den Wecker. Sechs Uhr. Er hatte verschlafen. Warum hatte der Wecker nicht geklingelt? Seine Morgensendung. Der

Morning Man von Main-Radio Schweinfurt saß nicht hinter dem Mikrofon. Der König des Radios lag noch im Bett. Leuchtendes Frühlicht kroch durch die Ritzen des Rolladens.

Dann fiel ihm ein, dass Samstag war. Erleichtert warf er sich ins Kissen zurück. Er hatte frei. Brigitte Scheuble moderierte die Wochenendschiene. Wie gewohnt konnte er diesen Tag zelebrieren. Weiterschlafen. Ein spätes Frühstück. Ein Bummel durch die Stadt. Der Cappuccino bei *Viva Porcellino,* der angesagtesten Kaffeebar Schweinfurts. Plausch mit Joe, dem angesagtesten Barista Schweinfurts. Am Nachmittag würde er mit Kerstin Weiß zum Baggersee fahren. Der Tag versprach sonnig und heiß zu werden. Für den Abend hatten sie einen Tisch im *El Sombrero* reserviert.

Dann fiel ihm ein, dass sie heute nicht zum Baggersee fahren würden. Und den *Burrito el Presidente* würde er entweder allein essen oder ganz sein lassen müssen. Er sah Kerstin Weiß' zorniges Gesicht vor sich, wie sie ihn mitten in der Nacht neben Sören auf die Rückbank des Streifenwagens schob und eisig sagte: „Komm bloß nicht auf die Idee, mich die nächsten Tage anzurufen. Ich werde Arbeit haben ohne Ende. Und wenn ich damit fertig bin, rupf ich mit dir ein Hühnchen der größten Gewichtsklasse. Bis dahin hältst du den Mund, die Füße still und alles andere auch. Warum machst du nicht einfach Urlaub? Flieg nach Irland und spiel mit deinem Freund Lothar Golf!"

„Ich kann nicht Golf spielen", hatte er noch gesagt, bevor sie die Tür zuknallte. Der Streifenwagen hatte sie von Maßbach nach Schweinfurt gebracht, am Marktplatz hatten die beiden Beamten sie ohne ein weiteres Wort an die frische Luft gesetzt. Sören war grußlos wie ein geprügelter Hund von dannen geschlichen, und Blacky hatte im Zürch wütend gegen den Pfahl des Straßenschildes getreten, auf dem *Frauengasse* stand. Wieder einmal fühlte er sich von seiner Adresse verhöhnt. Schlimmer hätte diese Nacht, die am Abend so verheißungsvoll begonnen hatte, nicht aus dem Ruder laufen können. Voller Frust war er ins Bett gegangen und hatte einen bleischweren Schlaf geschlafen. Ohne Träume und ohne Hoffnung.

Er wälzte sich im Bett herum. Dann kehrten die Bilder zurück. Der Oberstaatsanwalt mit dem Loch in der Stirn. Fast harmlos. Schrecklich dagegen die Leiche des Mannes, der geschlachtet worden war. Wie hieß der Maler noch, der solche apokalyptischen Höllenbilder gemalt hatte? Hieronymus Bosch. Konnte das eine Spur sein? Wahrscheinlich nicht. Das wäre Hollywood. Ein Mörder, der sich irgendwelcher Assoziationen zu Kunst oder Literatur bediente. Der Stoff, aus dem unrealistische Krimis gebraut wurden. Blacky verwarf den Gedanken. Und war hellwach.

Seit der Sache mit der Leiche auf dem Rückert-Denkmal* kannte er dieses Prickeln. Seine Neugierde war geweckt. Die Lust erwacht, ein Rätsel zu lösen. Jagdfieber. Der Thrill, das Labyrinth eines Verbrechens zu betreten. In den Geist und die Seele eines Mörders einzudringen. Er spürte Adrenalin in seinen Adern. Zum ersten Mal seit langer Zeit verließ er an einem Samstagmorgen kurz vor halb sieben das Bett.

In der Küche schaltete er das Radio ein, bevor er seinen ganzen Stolz, die formvollendet schöne Saeco, auf Touren brachte. Sie zischte leise vor sich hin, der Duft des Arabicakaffees aus dem äthiopischen Hochland strömte durch das Penthouse hoch über der Schweinfurter Altstadt. Er hörte kritisch zu, wie Brigitte Scheuble im Studio von Main-Radio *Summer Wine* ausfadete und mit der abgedroschenen

*In „Kindentotenlieder“ (Schweinfurter Kriminalroman 1)

Moderationsphrase „Vom Sommerwein zum Neuesten aus Schweinfurt und Umgebung“ zu den ersten Lokalnachrichten des Tages überleitete. Der Text, den sie verlas, war ausgesprochen dünn.

„Auf dem Schweinfurter Volksfest scheint sich gestern in den Abendstunden ein Verbrechen ereignet zu haben. Dem Vernehmen nach wurde in der Gondel des Riesenrades eine Leiche gefunden. Über deren Identität hat die Kriminalpolizei bisher keine Angaben gemacht. Auch in Maßbach, auf dem Gelände des Fränkischen Theaters, soll ein Verbrechen stattgefunden haben. In diesem Fall sind ebenfalls noch keine näheren Einzelheiten bekannt.“

Der dürre Duktus des ganzen Textes verriet den Einfluss, den Kriminaloberkommissarin Kerstin Weiß darauf genommen haben musste. Sie war zwar nicht mehr für die Pressearbeit zuständig, doch Blacky hörte an jeder Silbe, dass sie offenbar in den frühen Morgenstunden die Initiative ergriffen und der Redaktion diese Meldung mehr oder weniger diktiert hatte.

„Völlig rätselhaft ist weiterhin der Absturz eines Heißluftballons bei Pfersdorf im Landkreis Schweinfurt gestern Abend. Der Führer des Ballons, ein Mitarbeiter der Brauerei *Grühn,* wurde tot in der Nähe von Oberwerrn gefunden. Ob es sich dabei um einen Unfall handelt, konnte von der Polizei bisher nicht ermittelt werden. Und jetzt zum Wetter: Dieser Samstag verspricht sonnig und heiß zu werden. Mit Wärmegewittern gegen Abend muss gerechnet werden.“

Brigitte Scheuble startete Lionel Richie mit *My Destiny,* und Blacky griff zum Handy. Er wählte die Studionummer.

„Sag bloß, du bist schon auf“, begrüßte ihn die Moderatorin erstaunt. „Geht’s dir nicht gut?“

Blacky, der mit Brigitte Scheuble grundsätzlich nicht über Gesundheitsfragen sprach, kam gleich zur Sache.

„Diese Meldungen eben gehen auf das Konto von Kerstin Weiß, oder?"

„Klar. Sie hat schon kurz nach fünf angerufen und gesagt, dass es nichts zu sagen gibt. Du kennst sie ja."

„Ist der Chef schon irgendwie ansprechbar?"

„Olaf? Nee, du. Der war so stockbesoffen gestern Abend, dass der nie und nimmer vor morgen früh aus dem Koma erwacht. Kannst du vergessen."

Blacky hatte nichts anderes erwartet.

„Dann hör ich mich mal ein bisschen um", sagte er. „Wenn ich was in Erfahrung bringe, melde ich mich."

„Mach dir keinen Stress", erwiderte Brigitte Scheuble gemütlich. „Es wird ein heißer Tag."

Blacky verkniff sich eine bissige Bemerkung über journalistischen Ehrgeiz und legte auf. Während er die erste Tasse Kaffee trank, dachte er nach. Was den toten Oberstaatsanwalt betraf, sah er wenig Möglichkeiten. Es war klar, dass die Kripo aus dieser Sache eine Staatsangelegenheit auf höchster Geheimhaltungsstufe machen würde. Hier musste man abwarten. Sinnvoller schien es, sich noch einmal auf Schloss Maßbach umzusehen. Vielleicht lief ihm ja dort zufällig Kristin, die blonde Schauspielerin, über den Weg. Und vielleicht hatte sie Zeit und Lust, mit ihm und der Fiat Barchetta bei offenem Verdeck eine kleine Spritztour zu unternehmen. Je mehr Blacky diesen Gedanken verfeinerte, desto besser gefiel er ihm.

8

Nach drei Stunden Schlaf stand Kriminalhauptkommissar Wolfram Bayer in der Küche, trank einen Kaffee und versuchte seiner Frau zu erklären, dass es keinen Sinn hatte, auf der für den Abend geplanten Grillparty zu beharren. Sie war es gewohnt, rasch zu resignieren, doch diesmal probte sie den Aufstand.

„Es ist das Einzige, was uns geblieben ist. Der einzige Abend im Jahr, an dem wir Gäste haben. Ist dir das eigentlich klar? Und wir veranstalten dieses Grillen jetzt schon seit fast zwanzig Jahren. Du wirst doch die paar Stunden hier sein können."

„Wenn ein Oberstaatsanwalt erschossen wird, dann herrscht Ausnahmezustand. Verstehst du das nicht?"

Sie erklärte ihm, dass sie es nicht verstehen wolle und nicht daran denke, den Grillabend abzusagen.

„Dann eben ohne dich!"

Er schaute sie verblüfft an.

„Und wer soll den Grill anzünden?"

„Das schaff ich schon."

Wie immer ging er grußlos. Er fuhr zur Dienststelle in der Mainberger Straße und beorderte Kerstin Weiß und Marion Werner zu sich in sein Büro. Beiden stand die Müdigkeit tief im Gesicht.

„Eigentlich wär ich jetzt auf dem Weg nach Mykonos", sagte Marion Werner. „So 'ne Scheiße."

„Drei Runden Mitleid", spöttelte Kerstin Weiß. „Und was wolltest du eigentlich auf Mykonos? Du bist doch gar kein Partytyp."

„Kann ja nicht jeder so sein wie du. Ich wollte einfach nur chillen."

„Was heißt das: wie ich?"

„Das weißt du ziemlich gut, meine Liebe", sagte Marion Werner giftig.

„Hey", donnerte Wolfram Bayer. „Hört auf mit eurem Zickenkrieg. Wir haben wahrlich was anderes zu tun."

Er begann damit, die Lage knapp zusammenzufassen, als das Telefon klingelte. „Ich muss zum Chef", sagte er, nachdem das kurze Gespräch beendet war. „Und zwar sofort."

*

Auf der taunassen Wiese zwischen Maibach und Pfersdorf waren Sachverständige der Feuerwehr, des TÜV und des THW damit beschäftigt, die Überreste des abgestürzten Heißluftballons zu untersuchen. Kriminalmeister Kilian Urban lief von einem zum anderen und drängte auf Ergebnisse.

„So ein Heißluftballon ist eigentlich eine sichere Sache", erklärte der Sachverständige des TÜV Bayern. „Aber natürlich passieren ab und zu Unfälle."

„Unfälle? Sie meinen, dass einer runterfällt?"

„Na, nicht einfach so. Da muss schon ein bisschen was zusammenkommen. Einwirkungen von außen. Gewitter beispielsweise. Blitzschlag. Sturm."

„Hatten wir gestern Abend alles nicht", stellte Kilian Urban fest.

„Stimmt, noch stehen wir vor einem Rätsel. Jedenfalls gab es eine Explosion."

„Klar", sagte der Kriminalmeister. „Gas und eine offene Flamme. Das kann ja nicht gutgehen."

„So einfach ist das nicht. Wie gesagt, normalerweise ist Ballonfahren eine sehr, sehr sichere Angelegenheit. Aber menschliches Versagen ist nie auszuschließen. Und ein technischer Defekt auch nicht. Doch da sind wir noch ganz am Anfang unserer Untersuchungen."

„Manipulation?", fragte Kilian Urban.

„Sie meinen … bewusst? Warum sollte jemand so etwas tun?"

„Das ist die Kernfrage meines Berufs. Sie ahnen nicht, was Menschen alles tun."

Der Kriminalmeister nickte dem Sachverständigen bedeutungsvoll zu.

„Weshalb ist der Ballonführer einige Zeit vorher aus dem Korb gesprungen?", fragte er. „Könnte es sein, dass er einen Defekt bemerkt hat, in Panik geraten ist, die Nerven verloren hat?"

„Dann hätte er versucht zu landen. Norbert Hagmeyer war ein sehr erfahrener Mann. Der wäre nicht so schnell in Panik geraten. Und woher wollen Sie wissen, dass er gesprungen ist? Vielleicht wurde er rausgeworfen."

„Natürlich", sagte Kilian Urban. „Der zweite Mann. Von ihm fehlt nach wie vor jede Spur. Wir suchen noch, aber bislang kein Ergebnis. Es sieht so aus, als ob er sich in Luft aufgelöst hätte. Könnte das sein?"

„Wie bitte?"

„Na, irgendwohin muss er ja verschwunden sein. Gibt es eine Möglichkeit, den Ballon in der Luft zu verlassen?"

Der Sachverständige sah den jungen Kriminalmeister konsterniert an.

„Zu der Frage fällt mir nichts ein", sagte er. „Außer, dieser Mann konnte fliegen wie ein Vogel. Aber davon können wir wohl nicht ausgehen, oder?"

„Ach", erwiderte Kilian Urban selbstbewusst. „Ich hab schon Pferde kotzen sehen."

„Aber fliegen noch nicht?"

„Nein. In der Tat, fliegen noch nicht. Pferde sind ja auch keine Menschen."

„Sie haben ein sonniges Gemüt, junger Mann", sagte der Sachverständige. „Passen Sie gut auf sich auf."

Kopfschüttelnd ging er zu seinen Kollegen zurück. Kilian Urban schaute ihm nachdenklich hinterher.

*

Gegen acht Uhr schloss Hartmut Grühn sorgfältig die graugestrichene Eisentür ab, ging den langen Gang entlang, löschte das Licht und stieg die vielen Stufen hinauf. Oben gelangte er durch eine unscheinbare Holztür in einen der Hinterhöfe des Brauereigeländes. Er überquerte den großen Hof und betrat die Geschäftsräume im Erdgeschoss des alten Hauptgebäudes. Vor seinem Büro wartete Fridolin Pfeuffer. Er saß auf einer Bank wie ein armer Sünder.

„Komm mit rein", sagte Hartmut Grühn. „Wir trinken einen Schnaps."

Im Büro mit den alten Ledersesseln und dem wuchtigen Schreibtisch schenkte er sich und seinem Lageristen einen Obstler ein. Schweigend prosteten sie sich zu und tranken auf ex die Gläser aus.

„Wie sah dieser Mann aus?“, fragte Hartmut Grühn. „Hat Norbert ihn mit irgendeinem Namen angesprochen?“

„Nein“, antwortete Fridolin Pfeuffer. „Es herrschte eine merkwürdige Stimmung zwischen den beiden. Er war irgendwie unscheinbar. Nicht sehr groß. Vielleicht Ende vierzig. Allerdings schien er ziemlich sportlich zu sein, durchtrainiert. Und er trug einen schwarzen Jogginganzug, was mir ein bisschen unpassend vorkam. Außerdem war er nicht von hier. Er sprach mit einem leichten Akzent.“

„Akzent?“

„Ja, irgendwas aus dem Osten.“

„Polnisch?“

„Was weiß ich? Kann ich doch nicht unterscheiden. Polnisch, Russisch, Tschechisch, alles dasselbe.“

Hartmut Grühn goss die Gläser noch einmal voll.

„Und sonst hat Norbert nichts gesagt?“

„Nein. Sie wissen doch, dass er nicht viel redet. Redete … Mein Gott, da muss ich mich erst dran gewöhnen. Er hat mir nur gesagt, ein Geschäftsfreund vom Chef will das Volksfest von oben sehen.“

„Da durften sie doch gar nicht drüberfahren.“

„Sind sie auch nicht. Aber man hat ja einen weiten Blick.“

„Du gehst jetzt nach Hause“, sagte Hartmut Grühn. „Und ruhst dich aus. Das Leben geht weiter.“

„Klar, Chef“, erwiderte Fridolin Pfeuffer. „Das Leben geht weiter. Irgendwie.“

Er stürzte den Schnaps hinunter und schlich sich davon wie ein geprügelter Hund.

Wie gut, dachte Hartmut Grühn, dass wenigstens einer um Norbert Hagmeyer aufrichtig trauert. Er verschloss die Flasche mit dem Obstler und ging zu dem Wandregal, wo eine Kollektion alter Single Malts aufgereiht stand. Seine Wahl fiel auf einen Laphroiag von Islay, der jede Medizin weit in den Schatten stellte.

*

Sie umschlichen einander wie zwei Katzen, von denen keine der anderen die Maus gönnt, die sich hilflos in eine Ecke verkrochen hat. Nur dass es keine Maus gab, sondern zwei Mordfälle, bei denen sich jede von ihnen beweisen wollte. Kriminalkommissarin Marion Werner war sich im Klaren darüber, dass Kerstin Weiß dabei in Führung lag. Und das wurmte sie beträchtlich. Eigentlich lag Kerstin Weiß immer vorn, bei den Männern, bei den Farben des Lebens, im Job. Sie war privat der bunte Paradiesvogel, der auf alle Konventionen pfiff, und im Dienst ernsthaft, akkurat und blitzschnell. Marion Werner fühlte sich ihr gegenüber wie ein farbloses Mauerblümchen, und sie wusste tief im Inneren, dass sie das auch war. Und nun war Oberkommissarin Kerstin Weiß auch noch zur Mordkommission versetzt worden und würde ihr bald endgültig die Butter vom Brot nehmen. Während sie auf Wolfram Bayer warteten, schien sie bereits entsprechende Versuche starten zu wollen.

„Ich denke, du solltest Wolfram hier in Schweinfurt unterstützen“, sagte sie. „Das Milieu in Maßbach scheint dir nicht so zu liegen.“

„Wieso das denn?“, begehrte Marion Werner sofort auf.

„Die Schauspieler dort sind ein eigenes Völkchen. Ich habe den Eindruck, du findest nicht den richtigen Draht zu ihnen.“

„Ach? Aber du? Tu doch nicht so! Du willst doch nur deinen eigenen Fall haben.“

„Ja, und wenn?“, sagte Kerstin Weiß kühl. „Das steht mir dienstgradmäßig wohl auch zu.“

„Also gut“, sagte Marion Werner. „Die Sache in Maßbach ist eigentlich recht anspruchslos. Eine Beziehungstat. Ein Eifersuchtsdrama. Da muss man nur ein bisschen kratzen, und schon ist man auf der richtigen Spur. Unkompliziert. Der Mord an Oberstaatsanwalt Wurzer stellt einen da vor ganz andere Herausforderungen.“

„Dann sind wir uns ja einig“, erwiderte Kerstin Weiß.

Die Tür flog auf, und Kriminalhauptkommissar Bayer stürmte herein. Hochrot im Gesicht, mit einem Blick, der Wut und Entsetzen spiegelte.

„Scheiße!“, brüllte er. „Scheiße! Ihr könnt euch nicht vorstellen, was eben geschehen ist.“

9

Seit einiger Zeit trug er sich mit Trennungsgedanken. Lange hatte er ihre Mucken tapfer ertragen, aber nun war sie deutlich in die Jahre gekommen, sie hatte für ihn immer mehr an Attraktivität verloren, und ihre Zuverlässigkeit ließ zu wünschen übrig. Obwohl er an einem Tag wie diesem ihre Vorzüge auch wieder zu schätzen wusste: das sportliche Aussehen, die geschwungenen Linien, die italienische Lässigkeit. Dennoch würde ihre Liaison höchstens noch diesen Sommer überdauern; dessen war er sich sicher. Mit offenem Verdeck ließ Blacky seine Fiat Barchetta durch die weiten Kurven der Straße zwischen Schweinfurt und Stadtlauringen gleiten. Hier oben schien man über der fränkischen Landschaft zu schweben, Rhön und Haßberge schimmerten blau in der Ferne. Ein Sommermorgen wie aus dem Bilderbuch.

Er bog nach Maßbach ab, durchquerte den Ort und war überrascht, dass am Eingang des Fränkischen Theaters keine Polizei zu sehen war. Das große Tor war verschlossen, es blieb ihm nichts übrig, als unten zu parken und den Weg zum Schloss hinauf zu Fuß zu gehen. Er schwitzte bereits, als er die Hälfte zurückgelegt hatte. Oben war er außer Atem. Er überlegte, wann er das letzte Mal im Fitness-Studio gewesen war; es musste einige Zeit her sein.

Friedliche Ruhe lag über dem kleinen Schloss. Obwohl es erst ein paar Stunden her war, schien es ein fast schon vergessener Albtraum zu sein, dass diese Idylle durch ein blutiges Verbrechen gestört worden war. Zu sehen war niemand, aber von der Vorderfassade her, wo die Freilichtbühne lag, drangen laute Stimmen herüber. Blacky folgte dem Pfad zur Zuschauertribüne und blieb am Rand stehen. Auf der Bühne wurde offensichtlich gerade geprobt. Die Leiterin des Theaters, Hanne Saams, saß in einer der ersten Reihen und hing konzentriert an den Lippen der Schauspielerinnen und Schauspieler. Der pathetische Text, den sie sprachen, stand in Kontrast zu den sommerlich-legeren Shorts, T-Shirts und bauchfreien Tops der ziemlich jungen Leute auf der Bühne. Erfreut stellte Blacky fest, dass es Kristin war, deren Stimme eben klar und sehr melodisch zu hören war.

„Denn fluchen sollt ich dir und schalt dich nur.
Erschlugst du mir Lysander, weil er ruhte,
So bad, einmal befleckt, dich ganz im Blute,
Und töt auch mich!
Es kann nicht anders sein, du mordetest ihn mir:
So sieht ein Mörder aus; so grass, so stier.“

Sie brach ab und starrte auf ihren Partner, einen sehr jungen Mann in karierten Bermuda-Shorts und kurzärmeligem Hemd.

„Ist das richtig, was wir da gerade tun?“, fragte sie. „Ich glaube, ich kann das nicht.“

„Rede keinen Unsinn“, rief Hanne Saams zu ihr hinauf. „The show must go on. Das ist unsere Profession und unsere Leidenschaft.“

„So siehet ein Erschlagner aus; so ich:
Denn Eure Grausamkeit durchbohrte mich …“

Der junge Mann brach seinen Text ebenfalls ab.

„Können wir nicht etwas anderes proben? Kristin hat irgendwie recht."

„Was heißt ‚irgendwie'?", rief Hanne Saams verärgert. „Bescheuertes Wort. Entweder hat sie recht oder nicht. Zehn Minuten Pause!"

Sie drehte sich um und sah Blacky.

„Was wollen Sie denn hier?", fragte sie. „Die Probe ist nichtöffentlich."

„Ich bin von der Presse", antwortete Blacky mit jenem routinierten Ton, in dem etwas Blasiertheit, eine Spur von Autorität und ziemlich viel Selbstbewusstsein lagen. „Ich will mich hier ein bisschen umsehen."

Die Theaterleiterin stand auf und kam auf ihn zu.

„Dann lasse ich für Sie eine Premierenkarte zurücklegen. Da können Sie sich das Stück anschauen und darüber schreiben. Hoffentlich fallen Ihnen dann gescheite Sätze ein. Immerhin geht es um Shakespeare."

„Ich bin nicht wegen Shakespeare hier", sagte Blacky. „Sondern wegen des Mordes. Unsere Hörer wollen wissen, was passiert ist."

„Dann wenden Sie sich an die Kripo. Die wissen mehr als wir."

„Das glaube ich nicht. Außerdem ist es das ureigene Recht der Presse, selbst zu recherchieren."

„Ich habe hier das Hausrecht", sagte Hanne Saams schroff. „Und das steht über der Pressefreiheit. Also …"

Hinter ihr tauchte Kristin auf, in einem sehr kurzen Kleidchen. Die Sonne ließ das blonde Haar hell aufleuchten.

„Hi", sagte sie. „Der Mann vom Radio. Nett, dich zu sehen."

„Kennt ihr euch?", fragte Hanne Saams verdutzt.

„Klar“, sagte Kristin.

„Ich wollte eigentlich auch noch Kristin besuchen“, sagte Blacky. „Darf ich doch, oder?“

Die Theaterleiterin streifte beide mit einem verärgerten Blick, wandte sich ab und rauschte davon.

„Hanne hat mächtig Stress“, sagte Kristin. „Sie musste ja heute die Proben für den ‚Sommernachtstraum‘ übernehmen. Schweres Stück.“

„Hab ich eben gehört.“

„Ja, der Text hat es ganz schön in sich. Aber für heute bin ich fertig. Sie proben jetzt ein paar andere Szenen. Da kommt Hermia nicht vor.“

„Hermia?“

„Meine Rolle. Ich bin in Lysander verliebt, soll aber Demetrius heiraten. Deshalb fliehen Lysander und ich aus Athen in den Wald. Dort wird Lysander durch einen Zaubersaft dazu gebracht, sich in Helena zu verlieben. Doch am Ende wird alles gut.“

„Okay“, sagte Blacky. „Ich lass mich überraschen. Ich bin ja jetzt zur Premiere eingeladen.“

„Wär schön, wenn du kommst.“

Kristin warf ihm ein Lächeln zu, das ihn sofort befeuerte.

„Was machst du jetzt?“, fragte er.

„Schwimmen fahren. Zum Ellertshäuser See. Gleich hier in der Nähe. Das einzig Richtige bei der Hitze.“

„Klasse Idee“, sagte Blacky.

„Komm doch mit.“

Es gab Tage, da lief einfach alles wie am Schnürchen. Fast.

„Ich hab leider keine Badehose dabei“, sagte er.

„Kauf dir eine“, meinte Kristin unbekümmert. „Unten im Dorf gibt’s einen Klamottenladen.“

Dem war nichts mehr entgegenzusetzen. Blacky bemühte sich, nicht allzu offensichtlich zu grinsen.

*

Er ließ die Bombe sofort platzen.

„Man hat mir den Fall entzogen", sagte er mit einem Grollen in der Stimme, das ein Erdbeben anzukündigen schien. „Ich darf, was den toten Oberstaatsanwalt betrifft, nicht weiter ermitteln."

„Aber du bist der Leiter der Mordkommission", sagte Kerstin Weiß. „Was ist denn das für ein Quatsch?"

„Ich bin halt nun mal nur Kriminalhauptkommissar. Erster Kriminalhauptkommissar, um genau zu sein. Und der Chef ist Polizeidirektor. Der Ober sticht den Unter."

„Das kommt doch nicht von ihm, oder?"

„Natürlich nicht. Das kommt von ganz oben. Aus München. Logisch."

„Und die Begründung?"

„Ich sei zu nah dran. Weil ich Doktor Wurzer zu gut gekannt habe."

„Das ist doch Unsinn."

„Natürlich ist das Unsinn", grollte Wolfram Bayer weiter. „Das Gegenteil ist der Fall. Ich habe zu viel Distanz. Ich gehöre nicht zum Klüngel. Die haben Angst, dass ich in Dingen herumstöbere, die aus ihrer Sicht besser nicht ans Tageslicht kommen."

„Muss ich das verstehen?", fragte Kriminalkommissarin Marion Werner.

„Nein, musst du nicht. Kerstin versteht es."

„Ach so." Marion Werner zog eine beleidigte Schnute.

„Gehörte Leopold Wurzer denn überhaupt zum Klüngel?"

Kerstin Weiß machte ein sehr nachdenkliches Gesicht. „Ich habe ihn eigentlich für überkorrekt und unparteiisch gehalten."

„Ich weiß es nicht", gab Wolfram Bayer zu. „Er schien mir aber immer ein Mann mit zwei Gesichtern zu sein. Undurchschaubar. Ein gewiefter Taktiker. Er hat seine Fäden überall gezogen. Auch wenn er nicht zum Klüngel gehört haben sollte, wusste er, was läuft. Vielleicht liegt da das Motiv. Man wollte ihn loshaben."

„Man?"

„Ja, man ... Die, die Einfluss haben, Macht, Geld und viel Dreck am Stecken. Die, die alle unter einer Decke stecken."

„Wenn du das so sagst, kann einem direkt schwindlig werden", meinte Kerstin Weiß.

„Dir wird gleich noch mehr schwindlig werden", knurrte Wolfram Bayer. „Denn du leitest ab sofort die Ermittlungen in diesem Fall. Kollegin Werner ist dir zugeordnet."

„Wie bitte? Und du?"

„Tja, ich ..." Der Kriminalhauptkommissar setzte ein bitteres Lächeln auf. „Ich darf mich dem Massaker von Maßbach widmen."

„Aber das geht doch gar nicht. Was soll denn das alles?"

„Sie wollen leichtes Spiel mit euch beiden haben. Ich würde ihnen zu viel Schwierigkeiten machen. Und seid sicher, dass es nur eine Sache von ein paar Stunden sein wird, bis man euch einen Fuzzi aus dem Präsidium in Würzburg vor die Nase setzt. Und kurz danach werden hundertprozentig einige Helden vom Landeskriminalamt hier antanzen und Nebelkerzen schmeißen. Ihr solltet euch sputen, um zu retten, was zu retten ist."

„Was schlägst du vor?"

„Ihr braucht die heiße, die sehr heiße Spur, bevor sie anfangen, alles zu verwischen. Die können sie euch dann nicht mehr wegnehmen. Und ihr solltet ihnen einen Köder hinlegen."

„Einen Köder?"

„Ja. Einen Verdächtigen, der garantiert nichts mit der Sache zu tun hat. Sie werden sich auf ihn stürzen, weil sie damit von allem anderen ablenken können. Aber so habt ihr die Geschichte in der Hand. Und den Rücken frei."

„Jetzt ist mir wirklich richtig schwindlig", sagte Kerstin Weiß.

„Das gibt sich wieder. Und dann zeigst du, was du kannst. Mach ihnen einen Strich durch die Rechnung. Ihr Kalkül ist doch ziemlich einfach: zwei relativ unerfahrene Frauen. Sie glauben, leichtes Spiel zu haben. Ihr müsst ihnen einfach immer nur einen Schritt voraus sein."

„Das ist in der Tat ziemlich einfach." Kerstin Weiß' Kichern klang nach Ironie und leichter Hysterie. „Ich hoffe nur, du lässt uns damit nicht ganz allein!"

Wolfram Bayer sah sie düster an.

„Ich habe euch noch nicht alles gesagt. Sie haben ein Kontaktverbot verhängt. Wir müssen völlig getrennt voneinander arbeiten."

„Ach, und wie soll das in der Praxis funktionieren?"

„Ich bekomme einen Aufpasser an die Seite gestellt. Kriminalmeister Urban wird mich auf Schritt und Tritt begleiten. Und euch wird der Fuzzi aus Würzburg auf die Finger schauen."

„Sind wir hier in Nordkorea, oder was?"

„Nein, aber in Bayern", sagte Kriminalhauptkommissar Bayer. „Und irgendwelche Leute scheinen ziemlich nervös zu sein. Wir wollen heute Abend übrigens grillen. Vielleicht habt ihr ja Lust, vorbeizukommen."

„Unbedingt", sagte Kerstin Weiß. „Ich mag die Bratwürste richtig schön dunkel."

„Und für dich einen Souvlakispieß?" Wolfram Bayer grinste Kriminalkommissarin Werner anzüglich zu. „Als Ersatz für die entgangenen Urlaubsfreuden auf Mykonos?"

„Aber nur, wenn du auch einen richtig harzigen Retsina hast."

„Ich werde schauen, was sich machen lässt."

Wie eine kleine Silberwolke schwebte einen Augenblick lang pure Harmonie im Raum. Dann stand Wolfram Bayer auf und verließ mit wuchtigen Schritten den Raum. Kerstin Weiß spürte die Leere, die sich ausbreitete, und die leise Angst, die in ihr hochkroch.

10

Um sich einen Überblick zu verschaffen, ließ Hanne Saams trotz der Hitze die wichtigsten Szenen des *Sommernachtstraums* rigoros durchspielen. Als es gegen Mittag auf der Freilichtbühne unerträglich heiß wurde, hatte sie endlich ein Einsehen. Sie klatschte in die Hände und rief: „Danke, das war's! Ich weiß jetzt, wie Klaas das Stück angelegt hat, und werde es in seinem Sinne fortführen. Wir sehen uns zur Probe am Montagmorgen um zehn Uhr. Schönes Wochenende."

Will Bernhard zog sich in die Kühle des Schlosses zurück. Wie immer nach einer Probe summte er vor sich hin, Wörter, Silben, Textfragmente, die Sinn ergaben, dadaistische Vokal- und Konsonantenverbindungen, die scheinbar sinnlos waren. Für ihn war der Sprachkosmos William Shakespeares reine Musik, ein Universum von Tönen, Bildern, Emotionen, Gedanken und Träumen. Deswegen war er Schauspieler geworden, und als Verbeugung vor dem Genie aus Stratford-upon-Avon hatte er seinen früheren Vornamen in Will umgeändert. Wann immer sich ihm die Möglichkeit bot, eine Rolle in einem Shakespeare-Drama zu übernehmen, griff er zu. So war er in diesem Sommer ins Fränkische Theater Schloss Maßbach gekommen, obwohl er sich einst geschworen hatte, nie wieder einen Fuß in diese Gegend zu setzen. Aber in dem Beruf musste man sehen, wo man blieb, und konnte nicht allzu wählerisch sein. Der Oberon, den er hier zu spielen hatte, war auch nicht seine Lieblingsrolle, doch wie immer begriff er sie als Station auf dem Weg zum Hamlet. Einmal, das hatte er sich geschworen, würde er auf einer großen Bühne stehen und den vergrübelten Dänenprinzen geben, das komplexeste Porträt, das die Theaterwelt zu bieten hatte. *To be, or not to be …*

Er ging zum Kühlschrank im Foyer des Schlosses und nahm sich eine Cola heraus. Erschöpft setzte er sich in einen der abgewetzten Ledersessel. Dösen oder nicht – das war jetzt die Frage … Er rieb sich die Augen und griff zu einer der Zeitungen, die auf dem Tisch lagen. Das *Schweinfurter Tagblatt.* Will Bernhard musste lächeln. Eines der Dinge, die er völlig vergessen hatte. Oder verdrängt. Er kramte ein wenig in seinen Erinnerungen. Dann ließ er den Blick über die Titelseite gleiten.

Das Lächeln fror ihm auf den Lippen ein.

Mit einem Mal sah er sich vor Fragen gestellt, auf die er nicht im Geringsten vorbereitet war.

*

Kristins blonde Haare flatterten im Wind. Sie schien einen Heidenspaß zu haben. Blacky trug seine coole Sonnenbrille und hatte den linken Arm lässig auf den Türrahmen gelegt. Es war zwar nur die Straße nach Altenmünster, aber es hätte auch der Highway Number One sein können. Und er James Dean oder Marlon Brando mit Marilyn Monroe auf dem Beifahrersitz. Lediglich der Gedanke an die rote Badehose bremste seine Euphorie etwas.

„Hey, du hast ein Cabrio", hatte sie ausgerufen und begeistert in die Hände geklatscht. „Ich liebe das!"

Er verbuchte innerlich gleich mehrere Pluspunkte.

Dann hatte er allein den kleinen Laden am Marktplatz betreten. Es gab in seiner Größe nur eine einzige Männerbadehose. Sie war sehr rot, ziemlich weit und merkwürdig eckig geschnitten.

„Wir haben halt nur ältere Männer als Kunden", erklärte die Verkäuferin.

Verschämt hatte er sie in der Umkleidekabine anprobiert und sich entschlossen, in den sauren Apfel zu beißen. Kristin würde sicherlich einen entzückenden Bikini tragen. Die rote Badehose aber war das Hässlichste, was er je angehabt hatte. Er verbuchte innerlich drei Minuspunkte.

Der Ellertshäuser See leuchtete dunkelblau, eingerahmt von saftig grünen Wäldern. Kristin hatte an alles gedacht. Sie holte aus ihrer großen Badetasche zwei karierte Decken heraus, Handtücher, Sonnencreme und eine Schachtel Plätzchen. Dann zog sie sich aus. Ihr Bikini war sehr rot, ziemlich knapp und überhaupt nicht eckig geschnitten. Beim Blick auf die sonnengebräunte Haut gab sich Blacky fünf weitere Minuspunkte. Sein Körper hatte in diesem Sommer noch nicht viel Sonne abbekommen. Zögernd streifte er das weiße T-Shirt über den Kopf und zog dabei den Bauch ein. Er ließ die Hose fallen und hoffte, dass keine Reaktion kam.

„Oh, wir tragen Partnerlook", sagte sie unbekümmert, nachdem sie die rote Badehose einen Moment lang erstaunt gemustert hatte. „Ich liebe Rot."

Sie rannte über die Wiese zum Seeufer und ließ sich laut kreischend ins Wasser fallen. Blacky folgte ihr bedächtig, überschlug rasch den mutmaßlichen Altersunterschied zwischen ihnen und kam zu dem Ergebnis, dass er sich für diese Eskapade durchaus jung genug fühlte. Der See war überraschend kalt, er zuckte kurz zurück, dann überwand er sich und glitt ins weiche Wasser. Kristin kraulte mit beeindruckender Präzision weit voraus, und Blacky gestand sich ein, dass er sie nicht würde einholen können. Er war ein mäßiger Schwimmer, außerdem hatte er seit Kindertagen einen Greuel vor der Tiefe. Schon nach wenigen Metern drehte er sich auf den Rücken und genoss die Sonne.

Ein traumhaft schöner Tag. Ganz anders als der neblige, regnerische Samstagvormittag Ende April, an dem er vor nicht einmal zwei Monaten ebenfalls hier am Ellertshäuser See gestanden hatte. An jenem Morgen hatte man auf der anderen Seite die Leiche des kleinen Kevin Palmer aus dem Wasser gezogen. Eines der beiden Opfer des makabren Verbrechens, dessen grauenhafte Einzelheiten ihn in manchen Nächten immer noch bis zur Schlaflosigkeit peinigten. Erst in der Walpurgisnacht war es ihm gelungen, die vielen Rätsel dieses Falls zu lösen, und manchmal schien es ihm, als ob da noch Fragen offen seien, auf die es vielleicht nie eine Antwort geben würde. Blacky schloss die Augen und dachte an Viktoria, die mit ihm hier am See gewesen war … arme, unglückliche Viktoria … das einsame Menschenkind, das einen schrecklichen Tod gestorben war …

Jetzt kam ihm das Wasser des Sees kalt, schwarz und schmutzig vor. Er paddelte zum Ufer zurück und watete die letzten Meter durch grünlichen Schlick. Ihn fröstelte, und dann wunderte er sich über sich selbst. Wieso hatte er bisher überhaupt nicht mehr daran gedacht?

*

Kriminalhauptkommissar Bayer rief seine Frau an und setzte sie lapidar davon in Kenntnis, dass er am Abend rechtzeitig nach Hause kommen werde, um den Grill anzuzünden.

„Das hätte ich auch allein geschafft", sagte sie und legte auf.

Er beorderte Kriminalmeister Kilian Urban zu sich. Der junge Beamte trug eine wichtige Miene zur Schau und strotzte vor Selbstbewusstsein.

„Dann wollen wir mal an die Arbeit gehen", sagte er, „und die Nüsse knacken, die auf dem Weg zum Erfolg liegen."

Im Treppenhaus kam ihnen der Mann in Lederjacke entgegen, den Wolfram Bayer verabscheute wie kaum einen zweiten.

„Ach, sieh an, der Wolfram", rief Erster Kriminalhauptkommissar Götz Kaminski vom Polizeipräsidium in Würzburg.

„Du also", sagte Wolfram Bayer.

„Ja, ich", erwiderte Götz Kaminski. „Leiter der Soko *Riesenrad*."

„Soko?"

„Natürlich. Glaubst du, wenn ein Oberstaatsanwalt ermordet wird, geht es ohne Sonderkommission? Ich bin auf dem Weg zu deinen Mädels. Freu mich drauf, die Kerstin mal wiederzusehen."

„Die Freude wird ziemlich einseitig sein", sagte Wolfram Bayer trocken. „Man sieht sich."

„Eine Legende", flüsterte Kriminalmeister Urban auf dem Weg nach unten. „Er soll unglaublich hart sein."

Wolfram Bayer gab keine Antwort und stürmte den Gang im Erdgeschoss entlang. Kilian Urban versuchte mit ihm Schritt zu halten.

„Haben Sie schon eine Theorie?“, fragte er. „Was den Mord an Oberstaatsanwalt Doktor Wurzer betrifft?“

„Und wenn ich eine hätte, würde ich sie Ihnen bestimmt nicht verraten“, knurrte der Kriminalhauptkommissar. „Und jetzt halten Sie die Klappe!“

Beleidigt trottete Kilian Urban neben Wolfram Bayer zum Auto.

„Sie fahren“, entschied der Leiter der Mordkommission. „Ich muss nachdenken.“

Angespanntes Schweigen bis zur Stadtgrenze. Kilian Urban räusperte sich ständig mit zusammengepressten Lippen.

„Haben Sie Halsschmerzen?“, fragte Wolfram Bayer schließlich.

Der Kriminalmeister nickte.

„Sie können ruhig wieder reden. Wenn Sie wollen.“

„Ich habe mich verkühlt“, erklärte Kilian Urban. „Stand die halbe Nacht auf einer feuchten Wiese rum.“

„Ach, die Sache mit dem Heißluftballon. Gibt es da irgendwelche Erkenntnisse?“

„Nicht wirklich. Unfall oder Verbrechen. Beides scheint möglich.“

Er erläuterte ausführlich den Sachverhalt, froh, wieder reden zu dürfen. Der Kriminalhauptkommissar hörte aufmerksam zu.

„Ist die Route bekannt, die der Ballon auf seinem Flug genommen hat?“

„Auf seiner Fahrt“, berichtigte der Kriminalmeister. „Es heißt Ballonfahrt, nicht Ballonflug. Die Branche ist da ziemlich eigen.“

„Scheiß drauf“, sagte Wolfram Bayer. „Also?“

„In etwa schon. Der Start erfolgte auf den Mainwiesen

zwischen Oberndorf und Bergrheinfeld. Dann westlich der Stadt entlang Richtung Niederwerrn. Die Leiche des Ballonführers wurde zwischen Oberwerrn und Kronungen gefunden. Die Explosion ereignete sich hinter Maibach."

„Interessant. Sehr interessant."

Kriminalhauptkommissar Wolfram Bayer holte das Handy aus der Tasche.

„Kerstin? Hör mir mal kurz zu. Ich habe da eben einen etwas luftigen Gedanken entwickelt."

Kriminalmeister Kilian Urban staunte nicht schlecht über das, was der Leiter der Schweinfurter Mordkommission in wenigen Sätzen aus dem Hut zauberte.

*

Sie streckte sich neben ihm auf der Decke aus und kicherte. Wassertropfen perlten auf ihrer braunen Haut. Die blonden Haare glänzten feucht.

„Du bist wasserscheu", sagte sie.

„Ein bisschen", gab er zu. „Schwimmen gehört nicht zu meinen Leidenschaften."

„Oh, Leidenschaften", sagte Kristin. Sie lag auf dem Rücken, hatte die Augen geschlossen und schien mit dem Himmel zu sprechen.

„Leidenschaften, das ist ein großes Wort. Findest du nicht? Etwas, das Leiden schafft. Etwas Außergewöhnliches, das unser Leben auf den Kopf stellt. Also kann Schwimmen doch gar keine Leidenschaft sein, oder?"

„Ich habe das ja auch nur so dahingesagt. Ohne tiefere Bedeutung."

„Ja, das ist das Problem heutzutage. Wir gebrauchen Wörter, ohne über sie nachzudenken."

Blacky begriff, dass er sich getäuscht hatte. Sie war kein oberflächliches Plappermäulchen. Sie gab sich nur so. Eine Schauspielerin.

„Bist du gerne Schauspielerin?", fragte er.

„Was ist das für eine Frage?", konterte sie. „Wenn ich es nicht gerne wäre, wäre ich es nicht. Du verstehst, was ich meine?"

Eine weitere Erkenntnis. Sie war höchstwahrscheinlich kompliziert. Vielleicht zickig. Er mochte diese Art nicht, einem die Wörter im Mund herumzudrehen. Bei Frauen mochte er sie schon gar nicht. Kerstin Weiß war auch eine Meisterin darin.

„Nicht jeder mag seinen Beruf", sagte er. „Und macht ihn trotzdem."

Sie öffnete die Augen und richtete sich auf.

„Na hör mal! Du verstehst nichts von der Schauspielerei, stimmt's? Das ist nicht einfach ein Beruf. Das ist Leidenschaft. Man kann das nur hundertprozentig machen oder gar nicht."

„Okay", sagte er. „Hab ich verstanden. Wie lange bist du denn schon am Fränkischen Theater Maßbach?"

Eine harmlose Frage. Der Versuch, Konversation zu machen. Dann sah er, dass er in ein Wespennest gestochen hatte.

„Ich weiß schon, was du sagen willst", rief sie. „‚Warum spielst du in einem so kleinen Nest Theater? Auf einer Provinzbühne?'"

„Nein, gar nicht. Das war nur eine Frage."

„‚Nur eine Frage' gibt es nicht. Das ist auch wieder so ein dummer Spruch. Jede Frage hat eine tiefere Bedeutung."

Er begann zu resignieren.

„Okay", sagte er lahm.

„Aber ich gebe dir eine Antwort auf deine Frage. Ich spiele hier nur in dieser Sommersaison. Und ich bin froh, dass ich das Engagement bekommen habe. Es ist verdammt schwierig, überhaupt etwas zu bekommen. Außerdem macht es mir nichts aus, auf einer kleinen Bühne zu spielen. Shakespeare ist überall Shakespeare. Und das Publikum in der Provinz ist auch nicht dümmer als das in Berlin. Wahrscheinlich sogar im Gegenteil."

Kristin hatte sich richtig in Rage geredet. Blacky wusste nicht recht, ob er sie weiter entzückend oder eher anstrengend finden sollte. Die langen braunen Beine auf der Decke sprachen mehr für das Erste.

„Und dieser Klaas Peimann?", fragte er. „Er soll doch einmal einer der ganz Großen gewesen sein."

„Ja, so kann's gehen. Er war der Gott des deutschen Theaters. Dann ist er abgestürzt. Alkohol. Frauen. Am Ende nur noch ein Wrack."

„Und jetzt ist er tot."

Sie sah ihn aufmerksam an.

„Was willst du eigentlich?", fragte sie. „Eine Story?"

„Vielleicht auch. Aber nicht nur. Ich finde dich einfach nett."

Sie lachte. Das, was man vielleicht ein helles, silbernes Lachen nennen konnte.

„Ich finde dich auch nett. Irgendwie. Aber wie du ja schon weißt, mehr als ein bisschen Theatertratsch habe ich nicht zu bieten. Und ich habe keine Ahnung, was mit Klaas Peimann geschehen ist."

„Manchmal sind Tratsch und Klatsch ein guter Anfang."

„Ich sehe, du verstehst deinen Job. So horcht man Leute aus. Spendierst du mir ein Eis?"

11

In den letzten beiden Tagen war der Ausschank endlich angestiegen. Wie so oft hatte das Schweinfurter Volksfest regnerisch und kühl begonnen, das erste Wochenende war eine Katastrophe gewesen, doch nun schien die Sonne, und alles lief bestens. Jedenfalls gemessen an dem, was der Markt hergab, und das war deutlich weniger als früher. Die goldenen Zeiten im Biergeschäft waren vorbei, der Konkurrenzkampf hart. Es gab Tage, da sah Hartmut Grühn fast einen Sinn darin, dass alles anders gekommen war, als er es sich erträumt hatte. Denn so stellten sich wichtige Fragen nicht, und in absehbarer Zeit würde es die Privatbrauerei *Grühn* einfach nicht mehr geben. Vielleicht war das trotz aller Tragik auch eine gnädige Lösung. Denn er hatte es in den letzten Jahren immer wieder gesehen: wie die Söhne erfolgreicher Schweinfurter Geschäftsmänner nach der Firmenübergabe das Ganze innerhalb kurzer Zeit an die Wand fuhren. Und er hatte den Schmerz und die Wut der Seniorchefs hautnah mitbekommen, die sich um ihr Lebenswerk betrogen sahen. Das zumindest würde ihm erspart bleiben. Zumindest das …

Hartmut Grühn ertappte sich dabei, dass er schon wieder minutenlang an die Decke gestarrt hatte, seine Hand hielt das leere Whiskyglas immer noch fest umklammert. Er gab sich einen Ruck, setzte sich an den Schreibtisch, erledigte die

Post, führte ein paar Telefonate. Dann machte er sich auf den Weg. Er verließ die Firma durch den Hinterausgang, überquerte den Kornmarkt, bog in den Graben ein und betrat dort eines der vielen Häuser, die ihm in Schweinfurt gehörten. Im dritten Stock schloss er die hellblau gestrichene Wohnungstür auf, an der sich kein Namensschild befand.

*

Der Mann aus Würzburg schien von der ersten Minute an entschlossen, sich als Arschloch zu gebärden. Für zwölf Uhr mittags hatte er die Soko *Riesenrad* zu einer Besprechung zusammengetrommelt, die er auf die Sekunde pünktlich mit dem Satz eröffnete: „Ich weiß, ihr seid hier in Schweinfurt ein bisschen lahmarschig, aber das wird sich ab sofort ändern. Es ist unerträglich, dass seit dem Mord an Oberstaatsanwalt Wurzer etwa fünfzehn Stunden vergangen sind und es noch keine Spur, keine Erkenntnisse und noch nicht einmal eine Idee gibt. Was habt ihr eigentlich die ganze Nacht getrieben, Kerstin?"

Erster Kriminalhauptkommissar Götz Kaminski sah Kriminaloberkommissarin Weiß, die übernächtigt vor ihm saß, mit hinterhältigem Grinsen an.

„Das musst du Hauptkommissar Bayer fragen, Götz. Er hat die Ermittlungen hier geleitet. Ich war fast die ganze Nacht in Maßbach. Dort haben wir nämlich einen zweiten Mordfall zu bearbeiten."

„Prioritäten, meine Liebe, Prioritäten. Es geht nicht an, dass hier ein Oberstaatsanwalt ermordet wird und ihr eure Zeit mit irgendwelchem Beziehungsquatsch von irgendwelchen Komödianten vergeudet."

Kerstin Weiß, die Götz Kaminski so gut kannte, dass sie

keinen Wert darauf legte, ihn besser zu kennen, blieb die Ruhe selbst. Als sie erfahren hatte, wer zum Leiter der Sonderkommission ernannt worden war, hätte sie vor Wut platzen können. Aber sie beherrschte sich und folgte der Devise aus: ruhig bleiben, nicht provozieren lassen, den Ball flach halten.

„Wenn in einem Park ein Mann hängt", sagte sie, „wie von einem Metzger geschlachtet, dann müssen wir uns wohl kümmern. Oder nicht?"

„Das kann doch irgendjemand machen. Wie ich erfahren habe, waren sowohl Bayer als auch du heute Nacht in Maßbach, anstatt mit Hochdruck erste Erkenntnisse zu gewinnen, wer warum in Schweinfurt einen Oberstaatsanwalt erschießt."

„Alle nötigen Spuren wurden gesichert", sagte Kerstin Weiß. „Wir sind dabei, die letzten Stunden und Tage von Leopold Wurzer zu rekonstruieren. Der Obduktionsbericht lag schon am frühen Morgen vor. Die ballistische Untersuchung steht noch aus, aber da haben wir keinen Einfluss drauf. Das macht das Landeskriminalamt, und das scheint am Wochenende schwach besetzt zu sein. Angeblich bekommen wir einen vorläufigen Bericht sogar erst am Montag. Was natürlich eine Glanzleistung ist."

Götz Kaminski verzog angewidert das Gesicht.

„Ja, die Jungs vom LKA. Echtes Problem, geb ich zu. Obwohl wir von München Verstärkung bekommen. Zwei Beamte werden im Lauf des Tages hier eintreffen."

Voll ins Schwarze getroffen, Wolfram, dachte Kerstin Weiß. Und eins zu null für mich, was Kaminskis Foulspiel betrifft.

„Wie auch immer", fuhr der Kriminalhauptkommissar aus Würzburg fort, „ich erwarte schnellstens Ergebnisse. Spätestens Montagmittag, also in achtundvierzig Stunden, machen wir eine Pressekonferenz und präsentieren einen dringend der Tat Verdächtigen. Ist das klar?"

„Einen Täter oder nur einen dringend Tatverdächtigen?", fragte Kriminalkommissarin Marion Werner mit spitzem Unterton.

„Du weißt genau, was ich meine, Kollegin", sagte Götz Kaminski.

„Natürlich. Wir brauchen jemanden, gegen den mit großem Trara Haftbefehl erlassen werden kann. Damit wir uns keiner Kritik aussetzen."

„Ziemlich präzise ausgedrückt. Die Vergangenheit hat gezeigt, dass man bei Fällen mit politischem Hintergrund sehr schnell einen Täter präsentieren muss. Sonst schießen die Spekulationen wild ins Kraut, und wir stehen als die Trottel da."

„Politischer Hintergrund?", fragte Kerstin Weiß. „Bisher gab es keine Hinweise auf einen politischen Hintergrund."

„Wenn ein Oberstaatsanwalt ermordet wird, kann man den ja wohl nicht ausschließen. Außerdem kommen wir so elegant zu einem Täter. Ihr wisst schon: die üblichen Verdächtigen."

„Soll das heißen", fragte ein junger Kriminalkommissar, der sonst in Wirtschaftsstrafsachen ermittelte, „dass wir am Montag einen eventuell Unschuldigen gerade mal so als Täter in Untersuchungshaft schicken sollen?"

„Meine Güte, jetzt drück das doch nicht so dramatisch aus, du Sensibelchen", nölte Götz Kaminski. „So etwas nennt man Kollateralschaden. Und nun wird nicht mehr diskutiert, sondern gearbeitet. Kerstin, was wissen wir über den toten Oberstaatsanwalt?“

„Doktor Leopold Wurzer“, sagte Kerstin Weiß. „Geboren in München, achtundfünfzig Jahre alt, Witwer. Jurastudium in Würzburg. Dann Karriere bei der bayerischen Justiz. Die üblichen Stationen: Richter am Amtsgericht Schweinfurt, Beisitzer in einer Strafkammer am Landgericht. Dann Staatsanwalt in Bamberg. Vorsitzender Richter einer Großen Strafkammer in Würzburg. Seit vier Jahren Leitender Oberstaatsanwalt in Schweinfurt. Ein eher verschlossener Mann, der zur Härte und auch zu einer gewissen Arroganz neigen konnte. Sehr intelligent, brillant, aber scharf wie ein Rasiermesser.“

„Er hatte natürlich Feinde.“

„War das eine Frage?“

„Nein. Welche Milieus und Gruppen gibt es hier in Schweinfurt? Mafia, Russen, Türken, Nazis, extreme Spinner? Das Übliche, nehme ich an.“

„Ja klar, alles vertreten. Du wirst bei deiner Suche nach den üblichen Verdächtigen keine Schwierigkeiten haben.“

„Unserer Suche, meine Liebe. Was ist mit Islamisten?“

„Weiß nicht“, sagte Kerstin Weiß zögernd. „Nichts wirklich Auffälliges.“

„Hier soll es doch einen ziemlich bedeutenden islamischen Friedensrichter geben. Einen dieser Typen, die glauben, mit ihrer Schattenjustiz unser Rechtssystem unterlaufen zu können.“

„Süleyman Akbey? Ein ehrenwerter, angesehener Mann.“

„Mag sein. Aber ich habe gehört, dass ihm der Verfassungsschutz auf die Finger schaut. Hier in Bayern will man das Treiben dieser Friedensrichter allmählich unterbinden.

Die regeln alles unter der Hand im türkischen Milieu, was vor ein ordentliches deutsches Gericht gehört. Vielleicht …"

„Das ist jetzt nicht dein Ernst, oder?"

„Aber eine Idee. Kannst du mal ein paar Fakten herbeischaffen? Ich habe gehört, du hast Kontakte zu den Türken."

Kerstin Weiß spürte zu ihrem Entsetzen, wie sie rot wurde. Götz Kaminski, das größte Arschloch der unterfränkischen Kriminalpolizei, griff sie völlig unerwartet an der Flanke an, an der sie verwundbar war. Aber warum? Sie beschloss, sofort zum Gegenangriff überzugehen.

„Was du gehört hast, ist mir piepegal. Und es tut überhaupt nichts zur Sache. Ich frage mich allerdings, wohin du dich jetzt gerade verrennst. Du machst hier ein Fass auf, das völlig irrelevant ist. Wir haben uns wirklich um ganz andere Fragen zu kümmern."

„Hey, was schlägst du für einen Ton an", konterte Kaminski. „Der Leiter der Soko bin ich, okay?"

„Dann mach auch deinen Job."

„Was soll das heißen?"

„Das soll heißen, mein Lieber", sagte Kerstin Weiß, „dass du bisher nur die falschen Fragen stellst. Es gibt nämlich noch etwas im Leben von Leopold Wurzer, das wir genauer in den Blick nehmen sollten."

*

Er hatte ihr mit einer SMS angekündigt, dass er gleich bei ihr sein werde. Eigentlich war das nun unnötig, denn sie würden sich nicht mehr in die Quere kommen können. An diesen Gedanken musste er sich erst noch gewöhnen.

Carla war natürlich völlig ahnungslos. Sie las keine Zeitung und hörte kein Radio. Wenn sie hier in Deutschland war, lebte sie völlig isoliert in ihrer eigenen Welt. In der Welt, die Norbert Hagmeyer und Hartmut Grühn ihr geschaffen hatten. Ihr wirkliches Leben fand zuhause statt, in Polen, bei ihrem kleinen Sohn. Sie verbarg nicht, dass sie Sehnsucht danach hatte, aber sie klagte nie. Alle drei wussten, wie schräg ihre Konstellation eigentlich war. Doch da jeder seinen Nutzen davon hatte, hielten sie stillschweigend daran fest.

So lange es gut geht ... Das war eine von Hartmut Grühns Lebensdevisen.

Er betrat die großzügige Wohnung und ging ins Wohnzimmer. Carla saß aufrecht auf dem Sofa und erwartete ihn. So saß sie immer da, wenn er kam. In den schwarzen Dessous, auf die er Wert legte. Er mochte den Kontrast zu ihren langen blonden Haaren.

Sie stand auf, ging ihm entgegen, umarmte und küsste ihn. Er erwiderte es halbherzig. Es war ihm völlig bewusst, dass sie schauspielerte, und daran hatte er sich nie gewöhnen können.

Aber man nimmt, was man kriegt ... Das war eine andere von Hartmut Grühns Lebensdevisen.

Ihren Versuch, ihm das Hemd aufzuknöpfen, wehrte er ab. Sie sah ihn überrascht an.

„Ich muss dir was sagen", murmelte er. „Es ist etwas Schreckliches passiert."

Sie reagierte sofort und verwandelte sich. In eine bestürzte, besorgte Frau. Hartmut Grühn hatte es nie gelernt, sich wirklich in eine Frau hineinzuversetzen, aber das war ihm in den letzten Jahren immer wieder aufgefallen: wie schnell sich Carla jeder Stimmung und jeder Lebenslage anpassen konnte.

„Sag es mir“, bat sie ihn. „Schlimme Dinge muss man sofort sprechen aus.“

Ohne dass er es je hätte erklären können, hatten ihn ihre dunkle Stimme und der herbe polnische Akzent von Anfang an erregt. Hartmut Grühn war ein bodenständiger Mann, und alles Fremde war ihm suspekt. Aber bei einer Frau übte das Andersartige doch einen Reiz aus, dem er sich nicht entziehen konnte.

„Norbert ist tot“, platzte es aus ihm heraus. „Er ist gestern Abend ums Leben gekommen.“

Sie verwandelte sich. In eine Statue aus Stein. Starr. Unbeweglich. Die Augen weitaufgerissen. Ein halboffener Mund, aus dem kein Schrei kommen wollte.

In diesem Augenblick begriff Hartmut Grühn zum ersten Mal, dass Carla seinen Freund Norbert Hagmeyer geliebt hatte.

12

Kerstin Weiß verbarg ihre Wut, so gut es ging, und verließ mit dem verschlossensten Gesichtsausdruck, zu dem sie fähig war, die Besprechung der Sonderkommission *Riesenrad*. Kaminski, das Arschloch, hatte sie voll auflaufen lassen. Er war mit keinem Wort auf ihren Einwand eingegangen, was das Leben von Oberstaatsanwalt Leopold Wurzer betraf. Typisch Alphatierchen, dachte sie. Schießt einen Riesenbock, ist nicht in der Lage, das zuzugeben, und hängt gleich noch einen Fehler hintendran, indem er jeden Vorschlag niederwalzt. Die Idee mit Süleyman Akbey war völliger Quatsch gewesen, die viel zu frühe Fixierung auf ein politisches Motiv fragwürdig und das Ignorieren weiterer Umstände ein handwerklicher Schnitzer ohnegleichen. Aber sie würde es ihm heimzahlen. Den ersten Schritt dazu hatte sie schon gemacht. Sie hatte sich in finsteres Schweigen gehüllt und keinen Ton von den *luftigen Gedanken* verlauten lassen, die ihr Wolfram Bayer mitgeteilt hatte.

Wahrscheinlich hätte Kaminski sie sowieso niedergebügelt. Schon allein deshalb, weil sie nicht von ihm stammten. Dabei war die Frage, woher der Schuss gekommen war, von zentraler Bedeutung. Die Aussage der Rechtsmediziner im Obduktionsbericht dazu war schwammig: *Es können ohne nähere ballistische Untersuchungen des gefundenen Projektils zum jetzigen Zeitpunkt keine endgültigen Aussagen getroffen werden. Fest steht, dass der Schuss, der zu der tödlichen Verletzung führte, aus relativ weiter Entfernung abgegeben wurde. Aus dem Verlauf des Schusskanals ergibt sich, vorbehaltlich der Ergebnisse eines ballistischen Gutachtens, ein Eintrittswinkel in die Stirn, der darauf schließen lässt, dass der Schuss aus einer Position abgefeuert wurde, die sich oberhalb der Person befand.*

„Vom Himmel herunter, oder was?", hatte der junge Kriminalkommissar gefragt.

„Weiß der Teufel", sagte Kaminski. „Ich hatte gedacht, aus einer anderen Gondel heraus. Aber nun ist von weiter Entfernung die Rede. Bleibt die Frage: wie weit? Und natürlich: woher? Letztlich läuft das Ganze wohl auf einen Scharfschützen hinaus. Und das unterstützt meine Theorie: politischer Hintergrund. Oder organisiertes Verbrechen. Dazu kommt die hübsche blaue Tasche. Eine Million Euro. Hat Wurzer die bekommen? Von wem? Und warum fährt er damit ewig Riesenrad? Oder sollte er sie irgendwem übergeben? Während der Fahrt? Hätte jemand zusteigen sollen? Aber warum wurde er dann erschossen? Wenn es jemand auf das Geld abgesehen hatte, dann steht er jetzt mit leeren Händen da."

„Vielleicht eine Lösegeldübergabe?", schlug Kriminalkommissarin Marion Werner vor. „Oder eine andere Art von Erpressung."

„Lösegeld? Es wurde doch niemand entführt, oder? Nein, das ist Quatsch. Erpressung? Schon eher möglich. Wir brauchen auf jeden Fall eine lückenlose Aufstellung aller Fälle, mit denen der Oberstaatsanwalt in letzter Zeit befasst war. Und entsprechende Aussagen seiner Kollegen. Außerdem müssen wir feststellen, woher er das Geld hatte.

War er so wohlhabend? Oder stammt das Geld aus anderen Kanälen? Es liegt viel Arbeit vor uns. Und wie gesagt: ein schneller, erster Erfolg. Das ist taktisch wichtig, auch im Hinblick auf die wirklichen Täterkreise. Wenn wir jemanden verhaften, wiegen sie sich in Sicherheit. Und wir können in Ruhe weiterermitteln. Glaubt mir, Leute, so macht man das."

Alle hatten applaudiert, mit Ausnahme von Kerstin Weiß. Kaminski registrierte es mit einem spöttischen Blick, den er ihr zuwarf. Dann hatte Marion Werner ihre Lektion gelernt.

„Die rote Baseballkappe?", fragte sie. „Von der haben wir noch gar nicht gesprochen."

„Was soll damit sein?"

„Na ja, warum hat er die getragen? Oberstaatsanwalt Doktor Wurzer trägt doch nicht ohne Grund eine rote Baseballkappe!"

„Jetzt verzetteltst du dich aber in unnötigen Details, Kollegin", sagte Götz Kaminski genervt. „Er hatte eben eine rote Kappe auf. Na und? Ich trage manchmal eine blaue. Halt hier mal den Laden nicht mit solchem Pipifax auf."

„Arroganter Sack", sagte Marion Werner, als sie und Kerstin Weiß in ihrem Büro saßen und Kaffee tranken. „Er ist anscheinend so mit Testosteron vollgepumpt, dass er nicht mehr richtig denken kann. Vor lauter Imponiergehabe labert er nur Scheiß. Und seine ganze Vorgehensweise ist völlig absurd."

Kerstin Weiß musterte ihre Kollegin erstaunt. Sie hielt Marion Werner sonst für bieder, hausbacken, verklemmt und engstirnig. Solche Sprüche mit anarchistischem Unterton hatte sie von ihr noch nie gehört. Vielleicht war es möglich, mit ihr zusammen eine Front gegen das Treiben von Götz Kaminski zu bilden.

„Man darf ihn nicht unterschätzen", erwiderte sie. „Er geht über Leichen. Und er wird dermaßen einen Zirkus veranstalten, dass uns allen Hören und Sehen vergeht. Aber genau das ist auch unsere Chance."

„Wie meinst du das?"

„So, wie es uns Wolfram gesagt hat. Wir sollten Kaminskis Tohuwabohu nutzen, um unser Ding zu machen. Ich glaube nämlich, dass der Schlüssel zu dem Ganzen in einer völlig anderen Richtung zu finden ist. Und Wolframs Idee, den Fuzzis aus Würzburg und München einen Köder hinzulegen, ist gar nicht so schlecht. Kaminski sucht doch sowieso einen Sündenbock. Vielleicht habe ich sogar schon eine Idee."

„Das heißt, wir gründen gerade eine weibliche Guerillaeinheit gegen männliche Überheblichkeit?"

„Marion", sagte Kerstin Weiß mit spontaner Herzlichkeit, „ich muss zugeben, du überraschst mich soeben."

*

Er erzählte ihr alles, was er wusste. Und dann auch das, was er dachte und fühlte. Bei Carla fiel ihm das nicht schwer. Sonst war Hartmut Grühn als verschlossener Mann durchs Leben gegangen, der sein Inneres nicht preisgab, über Gefühle nicht reden konnte und sich seiner Ehefrau nur teilweise geöffnet hatte. Bei der jungen Polin war das anders. In den fünf Jahren, seit er sie kannte, hatte er ihr so ziemlich alles anvertraut, was ihn bewegte. Er wunderte sich manchmal über sich selbst. Aber vielleicht, so dachte er, lag es daran, dass sie nicht immer alles verstand, aber intuitiv alles begriff. Sie hatte eine große Seele und ein weites Herz. Natürlich begehrte er ihre Jugendlichkeit, war versessen auf ihre kleinen Brüste, aber das war nur die Hälfte seiner manchmal fast albernen Zuneigung. Die andere Hälfte war, dass er sich bei ihr in einer Weise frei fühlte, wie er es nie gekannt hatte: frei von Konventionen, Verpflichtungen, Moralvorstellungen und Schamgefühlen. Wenn er zu Carla kam, konnte er einfach nur ein Mann sein, und sie erfüllte ihm jeden Wunsch.

Natürlich war ihm bewusst, dass ihm das nicht geschenkt wurde, sondern dass er dafür bezahlte. Das nagte an manchen Tagen an seinem Selbstbewusstsein, aber er tröstete sich mit der Devise: Man nimmt, was man kriegt.

Und natürlich war ihm jederzeit bewusst, dass Carla ihm nicht allein gehörte. Aus einer Bierlaune heraus entstanden, hatte sich die Ursprungsidee rasch zu einem festen Dreiecksverhältnis entwickelt. Zwei Freunde, Norbert Hagmeyer und er, teilten sich in aller Heimlichkeit eine Geliebte. Und weil sie gute und langjährige Freunde waren, hatte es dabei nie Schwierigkeiten gegeben. Hartmut Grühn zahlte stillschweigend den Löwenanteil, ohne je nachzurechnen, in welchem Umfang jeder von ihnen die Dienste Carlas in Anspruch nahm. Was sie am Anfang als frivole Eskapade empfunden hatten, wurde ihm Lauf der Zeit zur normalen Selbstverständlichkeit. Sie redeten kaum noch darüber.

Jetzt musste Hartmut Grühn Carla mit niemandem mehr teilen. Doch als er ihr Entsetzen und ihre fassungslose Trauer gesehen hatte, wusste er, dass sie ihm allein auch nicht gehören würde. Sie hatte Norbert verloren, und er würde sie verlieren.

„Er wollte heiraten mich“, brach es aus ihr heraus.

„Norbert?“

„Er hat es mir versprochen. Ich Marek zu mir holen können.“

Hartmut Grühn schwieg eine Weile. Es war jetzt nicht der Zeitpunkt, Versprechungen oder Hoffnungen zu machen.

„Hat er irgendetwas gesagt? Über diese Ballonfahrt?“

Sie schüttelte den Kopf. Tränen standen ihr in den Augen.

„Hat er sonst etwas erzählt in letzter Zeit? Etwas, das dir seltsam vorgekommen ist?“

Sie zögerte lange. Er sah, dass sie mit sich kämpfte.

„Er Sorgen wegen Geld“, sagte sie nach einer Weile. „Schulden.“

„Ach“, erwiderte Hartmut Grühn überrascht. „Davon wusste ich nichts.“

„Norbert dein bester Freund. Ich glauben, er sich geschämt.“

„Weißt du, weshalb er Schulden hatte?“

„Viel gespielt. In Casino Geld verloren.“

„Norbert hat gespielt? Das passt doch überhaupt nicht zu ihm.“

„Er wollen schnell machen Geld. Wegen Hochzeit mit mir.“

„Herrje“, sagte Hartmut Grühn kopfschüttelnd. „Warum hat er mir denn nichts gesagt?“

„Ich glauben, er schlechtes Gewissen. Wegen Liebe zu mir. Und er immer noch gelitten. Geben sich Schuld für Tod von deinem Sohn.“

„Das weiß ich“, murmelte Hartmut Grühn. „Das weiß ich.“

*

Als Erstes hatte Kriminalhauptkommissar Wolfram Bayer den Tatort vor der Felsengrotte inspiziert. Er hatte ihn bisher nur in der Nacht gesehen. Auch die Grotte nahm er ausführlich in Augenschein. Nichts Auffälliges, eine Art kleine Höhle, in der zwei grünlich bemooste Steinbänke standen. Dann betrachtete er die zwei in Mannshöhe zu beiden Seiten des Eingangs in den Stein getriebenen Fleischerhaken mit den Eisenringen daran.

„Wann die wohl angebracht worden sind?", sagte er zu Kriminalmeister Kilian Urban. „Unmittelbar während der Tat oder schon vorher?"

„Vielleicht waren sie schon immer da", schlug Urban vor.

„Nein, nach Aussage der Theaterleiterin nicht. Sie geht jeden Tag mit dem Hund hier spazieren und behauptet, diese Haken nie gesehen zu haben. Es hat einigen Aufwands bedurft, sie hier anzubringen. Das war eine sorgfältig und länger geplante Tat. Was tun Sie eigentlich?"

Kilian Urban stand da und sog geräuschvoll die heiße Nachmittagsluft mit der Nase ein.

„Ich nehme Witterung auf", erklärte er. „Ich versuche zu erspüren, was hier geschehen ist."

„Na dann", meinte Wolfram Bayer. „Viel Glück dabei. Währenddessen werde ich Ihnen sagen, was geschehen ist. Klaas Peimann wurde gegen neun Uhr abends hierhergelockt oder bestellt. Er scheint mit dem Rücken zur Grotte gestanden zu haben. Vielleicht hat er gewartet. Dann wurde er von hinten niedergeschlagen. Der Täter kann sich nicht in der Grotte versteckt haben. Dazu ist sie zu klein. Vermutlich ist er von der Rückseite herbeigeschlichen. Bei dem weichen Gras hier dürfte das geräuschlos möglich gewesen sein. Laut Obduktionsbericht hat er eine Art Vorschlaghammer benutzt. Äußerst brutal und zielgerichtet. Vielleicht auch auf Sicherheit bedacht.“

„Sicherheit?“

„Um jede Gegenwehr auszuschließen. Was bedeuten könnte, dass der Täter eigentlich schwächer als das Opfer war.“

„Oder die Täterin?“

„Eine wichtige Frage. Ich bin mir da überhaupt nicht schlüssig. Denn was dann geschah, ist so bemerkenswert, dass sich die Frage nach Motiv und Person des Täters in besonderer Weise stellt. Verbrechen dieses Kalibers sind äußerst selten. Vom Fernsehkrimi abgesehen.“

„Mir ist fast schlecht geworden, als ich es gelesen habe.“

„Dann sollten Sie nochmals über Ihre Berufswahl nachdenken, junger Mann. Und froh sein, dass Sie bei der Obduktion nicht dabei sein mussten. Aber um sich abzuhärten, referieren Sie jetzt mal, was geschehen ist.“

Kriminalmeister Urban schluckte mehrmals kräftig.

„Nun ja“, sagte er. „Um jedes Fußgelenk des niedergeschlagenen Mannes wurde ein starkes Hanfseil gebunden. Er hat dabei wahrscheinlich noch gelebt. Die Seile wurden durch die Eisenringe geführt und das Opfer in zwei Etappen nach oben gehievt. Erst das eine, dann das andere Bein. Das muss ein beträchtlicher Kräfteaufwand gewesen sein. Was auf jeden Fall die Frage aufkommen lässt, ob es sich um mehrere Täter gehandelt haben könnte.“

„Die Frage stellt sich, aber ich glaube dennoch, dass es die Tat eines Einzelnen war.“

„Und warum?“

„Die Schlachtung, die dann erfolgte, war ein ungeheurer Akt der Intimität.“

„Intimität?“, sagte Kilian Urban verblüfft. „Was ist das für ein Wort?“

„Ein sehr vielschichtiges. Es gibt Dinge im Leben, die können nur zwei Menschen, wenn sie untereinander alleine sind. Da darf kein Dritter dabei sein. Das hier war nur möglich, weil eine ganz tiefe Verbindung zwischen Täter und Opfer bestand.“

„Wie kommen Sie darauf?“

„Weil diese Brutalität nur von einem ungeheuren Hass herrühren kann. Die Tat ist die Sühne für eine sehr tiefe Verletzung, die der Täter oder die Täterin durch Klaas Peimann erlitten hat. Die beiden haben sich gut gekannt. Da bin ich mir absolut sicher.“

„Sollte man eine solche Einschätzung nicht lieber einem Profiler überlassen, der sich mit der Psychologie eines Täters auskennt? Habe ich zumindest im letzten Kurs gelernt.“

„Scheiß drauf“, knurrte Wolfram Bayer. „Wer einen Menschen aufhängt, mit einem Beil in zwei Hälften spaltet und ausweidet, tut dies aus einem unbändigen Hass heraus. Und dieser Hass ist nicht neutral, sondern hat mit der Geschichte dieser zwei Menschen zu tun. Da können Sie Gift drauf nehmen.“

„Lieber nicht“, sagte Kilian Urban. „Und nun?“

„Nun suchen wir das passende Gegenstück. Wer hat Klaas Peimann so gehasst, dass er zu dieser Tat fähig war?“

Kriminalmeister Urban nickte bedeutungsvoll und sog noch einmal die heiße Luft ein. Dann folgte er Wolfram Bayer zurück zum Schloss.

13

Und wieder gab es diesen kitzligen Moment. Wer machte den Anfang?

„Sehen wir uns mal wieder?“, fragte Blacky schließlich, als er die Fiat Barchetta vor Schloss Maßbach geparkt hatte und Kristin schon ausgestiegen war.

„Du kommst doch zur Premiere?“

„Ich denke schon.“

„Dann sehen wir uns.“

Sie nahm ihre Tasche mit den Badesachen, warf ihm ein Kusshändchen zu und schlenderte davon. Er sah ihr nach, mit einem Blick auf die langen braunen Beine. Letztendlich abgeblitzt, dachte er und wusste nicht, ob er es bedauern sollte. Sie war entzückend und anstrengend. Und sie lebte in einer eigenen Welt. Einer Welt, die ihm fremd war. Sie hatte von Shakespeare geschwärmt und von der Genialität des Regisseurs Klaas Peimann, der auch hier in der Provinz alles aus den Schauspielern herauszuholen vermocht hätte. Blacky verstand nicht, was genau, aber für sie schien es eine Art Offenbarung gewesen zu sein.

„Der ‚Sommernachtstraum‘ ist ja ein schwieriges Stück. Ein Durcheinander der Gefühle. Wechselnde Identitäten. Die ganzen Wirrnisse der Liebe. Und am Ende ist alles nur ein Traum. Klaas hat da Ordnung hineingebracht, ohne die Emotionen zu verraten. Er ist eben selbst in seinem Leben durch das ganze Labyrinth menschlicher Liebe gegangen, hat sich verirrt, ist gescheitert. Aber gerade deshalb kann er so etwas inszenieren. Göttlich."

Und dann hatte sie auf der grünen Badewiese doch noch jede Menge Klatsch und Tratsch von sich gegeben. Über Klaas Peimann und seine Liebe zu Männern und Frauen. Über seine geheimnisvolle Muse, die angeblich niemand kannte und von der doch jeder flüsterte. Was sie dann noch erzählt hatte, fand Blacky äußerst interessant und bemerkenswert. So bemerkenswert, dass er es als Chance sah, Kerstin Weiß heute noch aus der Reserve zu locken. Der Gedanke daran tröstete ihn über die leise Enttäuschung hinweg, dass Kristin sich nicht mehr nach ihm umblickte.

Er beschloss, sich vor der Rückfahrt bei Tageslicht den Ort des Geschehens anzuschauen, und ging in den Park Richtung Felsengrotte. Nach der ersten Biegung des schmalen Pfades kamen ihm Kriminalhauptkommissar Wolfram Bayer und ein junger Mann entgegen. Der Leiter der Mordkommission blieb stehen und zog ein Gesicht, als ob er in die berühmte Zitrone gebissen hätte.

„Schwarz", sagte er. „Sehe ich richtig?"

„Sie sehen schwarz?", fragte Kriminalmeister Kilian Urban. „Weshalb?"

„Ich sehe gleich rot", antwortete Wolfram Bayer. „Und dann werde ich zum Stier."

„Hallo", sagte Blacky. „Schöner Tag heute. Aber sehr heiß."

„Was treiben Sie hier?"

„Spazieren gehen. Ist doch erlaubt, oder?"

Blacky war darauf gefasst, jetzt einen der bekannten Tobsuchtsanfälle des Hauptkommissars durchstehen zu müssen.

Doch Wolfram Bayer schien sich plötzlich eines andern besonnen zu haben.

„Kommen Sie mal mit", sagte er und winkte Blacky, ihm zu folgen.

„Sie bleiben, wo Sie sind", sagte er zu Kriminalmeister Urban.

„Aber ich darf Sie nicht aus den Augen lassen", nölte der.

„Sie sehen mich ja", sagte Wolfram Bayer. „Und damit haben Sie Ihre Pflicht erfüllt."

Er ging mit Blacky ein paar Meter zu einem der hohen Bäume hinüber und stellte sich in den Schatten.

„Passen Sie mal auf", sagte er. „Wir sollten endlich Frieden schließen. Das war ja übrigens auch immer der Wunsch von Oberstaatsanwalt Doktor Wurzer. Er hat große Stücke auf Sie gehalten."

„Tatsächlich?", sagte Blacky. Seit ihm vorhin am See ein Gedanke durch den Kopf geschossen war, der ihn nicht mehr losließ, hatte er immer wieder an Leopold Wurzer gedacht. Und an das merkwürdige Gespräch, das er mit ihm vor Wochen nachts im Schweinfurter Gerichtsgebäude geführt hatte. Ein Gespräch, das nach der eindringlichen Ermahnung des Oberstaatsanwaltes offiziell nie stattgefunden hatte. Auch darüber musste er unbedingt mit Kerstin Weiß sprechen.

„Ja. Obwohl er Sie als Störenfried betrachtet hat", sagte Wolfram Bayer. Ein kleines Lächeln lag auf seinem Gesicht. „So wie ich auch. Aber ab und zu scheinen Sie durchaus über so etwas wie eine Spürnase zu verfügen."

„Und das aus Ihrem Mund." Blacky versuchte nicht allzu unverschämt zu grinsen. Gleichzeitig überlegte er, worauf das hinauslaufen konnte. „Ich bin echt platt."

„Wissen Sie was? Ich hab heute Abend ’ne Grillparty. Sie sind eingeladen. Kerstin ist auch da. Wenn Sie gegen acht bei uns aufschlagen, sind die Steaks fertig. Wir wohnen an der Eselshöhe.“

„Okay“, sagte Blacky. „Das ist echt … nett. Ich denke mal, ich werde kommen.“

„Natürlich werden Sie kommen“, brummte Wolfram Bayer. „Da wette ich meinen Arsch drauf.“

Er drehte sich um und stapfte zu Kriminalmeister Urban zurück. Blacky schaute ihm verblüfft hinterher. Interessante Wendung. Dafür würde er den reservierten Tisch im *El Sombrero* nun endgültig sausenlassen.

Dann klingelte sein Handy.

*

Als er jede Hoffnung aufgegeben hatte, dass sie sich noch melden würde, rief sie ihn am Nachmittag an.

Will Bernhard starrte ungläubig auf das Display seines Handys, wo *Ophelia* aufleuchtete. Er spürte seine Nervosität, atmete tief durch, zwang sich zur Ruhe.

„Ja?“, sagte er nur.

Sie schwieg lange. Er hörte ganz leise ihren Atem.

„Ich bin es“, hauchte sie schließlich unnötigerweise.

„Ja“, sagte er. „Ich weiß.“

Wieder ihr langes Schweigen.

„Hast du ihn umgebracht?“, fragte sie endlich. Mit einer Stimme, in der unendliche Angst lag.

„Nein. Natürlich nicht.“

Jetzt zögerte er. Eine dramatische lange Pause, wie er es auf der Schauspielschule gelernt hatte.

„Ich dachte … du“, sagte er dann.

Sie begann zu lachen. Nicht dieses glockenhelle Lachen, das er von ihr kannte, sondern ein hysterisches Gelächter, schrill, als wollte sie etwas überdecken. Dann schwieg sie wieder.

„Wo bist du?“, fragte er. „Können wir uns sehen?“

„Ja. Ich halte es vor Sehnsucht nicht mehr aus.“

„Kommst du hierher?“

„Nein, das wäre nicht gut. Ich bin in Bad Kissingen.“

„Dann bin ich in einer Stunde bei dir.“

„Nein“, sagte sie. „Nicht heute. Ich muss meine Sehnsucht noch aufsparen. Damit sie intensiver wird.“

Er begriff. Sie wollte ihr Spiel wieder aufnehmen. So, als ob nichts geschehen wäre. Wie sie es immer tat.

„Also dann morgen?“

„Ja. Morgen. Ganz gewiss morgen.“

Ein Unterton in ihrer Stimme irritierte ihn. Aber er wusste, dass es sinnlos sein würde, tiefer zu bohren.

„Dann ist es gut“, sagte er. „Übrigens habe ich heute ganz zufällig etwas erfahren.“

„Ja?“

„Mein Vater ist tot“, sagte Will Bernhard. „Jetzt ist er wirklich nur noch ein Gespenst.“

*

Es war Lothar, der sich so lapidar wie immer meldete, indem er nur „Hallo“ sagte.

„Na, wie ist das Wetter in Irland?“, antwortete Blacky, ihrem alten Ritual entsprechend.

„Keine Ahnung. Ich bin in Schweinfurt. Hab schon bei dir an der Tür geklingelt. Wo bist du?“

„In Maßbach. Im Schlosspark, um genau zu sein.“

„Ja, der Mord an Klaas Peimann", sagte Lothar. „Interessante Sache."

„Woher weißt du denn davon?"

„Hanne Saams hat mich angerufen. Die Leiterin des Theaters."

„Ach, ihr kennt euch?"

„Natürlich. Wir schreiben beide Bücher."

„Okay", sagte Blacky. „Die Welt ist klein. Wann sehen wir uns?"

„Heute Abend. Ich wollte einen Tisch im ‚El Sombrero' reservieren. Ist aber leider schon alles ausgebucht."

„Du kannst meinen haben. Ich werde allerdings nicht dabei sein. Hab eine Einladung, die ich sehr gern wahrnehmen möchte."

„Natürlich mit Kerstin Weiß, Schweinfurts flottester Polizistin."

„Natürlich."

„Da habe ich wie immer keine Chance. Frühstück morgen um acht Uhr bei dir?"

„Na gut, wenn du dich schon selber einlädtst", sagte Blacky.

Wie immer legte Lothar grußlos auf, bevor er ihn fragen konnte, was Schweinfurts unbekanntesten Kriminalschriftsteller, der in einem Cottage an der irischen Westküste lebte, mal wieder in seine Heimatstadt geführt hatte.

*

Es war später Nachmittag, als Hartmut Grühn den Mercedes in die Garage stellte und die Villa am Klößberg betrat. Seine Frau saß im Wohnzimmer und hatte sich wie immer am Samstag in das knifflige Kreuzworträtsel des *Süddeutschen*

Magazins verbissen. Er holte eine Flasche Bier aus dem Kühlschrank und setzte sich zu ihr.

„Wie machen wir es heute mit dem Essen?“, fragte er. „Soll ich irgendwo einen Tisch reservieren? Oder kochst du?“

„Wir sind eingeladen“, sagte sie. „Das hast du doch nicht vergessen, oder?“

„Nein, aber ich weiß nicht, ob es eine gute Idee ist, unter diesen Umständen mit dem Leiter der Mordkommission Bratwürste zu grillen.“

„Unter welchen Umständen denn?“

„Die Sache mit Norbert. Die Sache mit Leopold Wurzer.“

„Wolfram hat mit dem Unfall doch gar nichts zu tun. Und du hast mit Wurzer nichts zu tun.“

„Wolfram wurde von den Ermittlungen entbunden. Habe ich vorhin am Rande erfahren.“

„Ach“, sagte Erika Grühn. „Eugen Grob ist also wirklich aktiv geworden?“

„Scheint so.“

„Und warum?“

„Woher soll ich das wissen? Wird schon genug Dreck am Stecken haben. Du hast ihn doch gestern Abend gehört. Dubai. Sein Freund Julius Salem. Dort unten am Golf werden zurzeit die ganz großen Dinger gedreht. Was weiß denn ich, was Wurzer so alles in der Hinterhand hatte. Jedenfalls scheint das Interesse gering zu sein, diesen Mord wirklich aufzuklären. Mal gespannt, wen sie als Sündenbock präsentieren werden.“

„Ich hoffe nur, Hartmut, du steckst bei solchen Sachen nicht auch mit drin. Wie oft warst du in Dubai?“

„Man muss schaun, wo man bleibt. Die Scheichs kaufen

alles, was sie kriegen können. Bordelle, Whiskydestillerien und Brauereien. Schon allein, dass es nicht den Chinesen in die Hände fällt."

„Das kann uns doch egal sein", sagte Erika Grühn. „Es ist sowieso bald vorbei."

„Ich weiß", erwiderte Hartmut Grühn. „Ich weiß."

Erika Grühn legte den Stift beiseite.

„Und was ist mit Norbert? Hat man schon irgendetwas herausgefunden?"

„Nichts. Beim Ballon scheinen irgendwelche Ventile geöffnet worden zu sein, und ausströmendes Gas hat die Explosion herbeigeführt. Von dem Fahrgast wurde bisher keine Spur gefunden. Und ob Norbert gesprungen ist oder rausgeschmissen wurde, ist völlig unklar. Die Obduktion hat außer der Todesursache nichts ergeben. Die Polizei durchsucht momentan Norberts Wohnung auf Hinweise. Mir ist das Ganze völlig schleierhaft."

„Du und Norbert", sagte Erika Grühn. „Zwei große Geheimniskrämer. Was macht denn die kleine Polin jetzt?"

Hartmut Grühn starrte seine Frau völlig entgeistert an.

„Woher weißt du denn …?"

„Hartmut", sagte sie. „Für wie blöd hältst du mich eigentlich?"

14

Kerstin Weiß hatte eine Flasche guten Whiskys besorgt und holte Marion Werner am frühen Abend zu Hause in der Gartenstadt ab. Die Kollegin stieg mit einem überdimensionalen Blumenstrauß, dem Geschenk für Wolfram Bayers Frau, in den weißen Mini.

„Klasse, dass du fährst", sagte sie. „Da kann ich mal ein Glas mehr trinken."

„Ich wusste nicht, dass du überhaupt was trinkst."

„Du unterschätzt mich. Aber das war schon immer so."

„Mag sein", sagte Kerstin Weiß. „Ich bin ja gerade dabei, das zu korrigieren."

„Du wolltest mir noch etwas sagen", meinte Marion Werner auf der Fahrt. „Über deine Idee, was den Oberstaatsanwalt betrifft."

„Mach ich noch. Ich denke, wir setzen uns nachher mit Wolfram für eine halbe Stunde in ein stilles Eck und bequatschen, was es zu bequatschen gibt. Private Dienstbesprechung sozusagen."

„Erst habe ich ja gedacht, Kaminski will das ganze Wochenende knallhart durcharbeiten. Aber dann ist ihm Gott sei Dank doch die Puste ausgegangen."

„Solchen Schwätzern geht immer schnell die Puste aus."

„Ist er wirklich ein Schwätzer? Er hat einen legendären Ruf."

„Ich kenne ihn“, sagte Kerstin Weiß. „Er hat seine ganzen Erfolge nur anderen zu verdanken. Er arbeitet immer auf Kosten anderer. Und dabei ist er zu allem fähig. Aber diesmal fällt er auf die Schnauze. Das schwör ich.“

Als sie von der Dittelbrunner Straße abgebogen war, schaute sie mehrfach kurz in den Rückspiegel.

„Da folgt uns einer“, sagte sie. „In einem schwarzen BMW. Dreh dich nicht um.“

„Jetzt siehst du aber Gespenster“, meinte Marion Werner. „Warum sollte uns jemand folgen?“

„Die ganze Zeit schon“, sagte Kerstin Weiß. „Er hat alle Tricks drauf. Deshalb hab ich's ja gemerkt.“

Sie fuhr auf der Eselshöhe kreuz und quer, blickte immer nur kurz in den Rückspiegel.

„Lässt sich nicht abschütteln. Ist äußerst dezent, bleibt aber dran.“

In der Walther-von-der-Vogelweide-Straße hinter der Biegung bremste sie plötzlich, stellte den Mini quer, öffnete die Tür und sprang aus dem Auto. Der schwarze BMW kam um die Kurve und hielt an. Kerstin Weiß rannte auf den Wagen zu und blieb davor stehen. Die Fahrertür öffnete sich, und Kriminalhauptkommissar Götz Kaminski stieg aus.

„Na, Kollegin“, sagte er, „parkst du immer so?“

„Du Arsch“, antwortete sie.

Er lachte und winkte Marion Werner zu, die hinter dem Mini in Deckung gegangen war.

„Wo wollt ihr denn hin, ihr zwei Hübschen?“

„Ich glaub mal“, sagte Kerstin Weiß, „dass dich das überhaupt nichts angeht.“

„Und ich denk mal“, erwiderte Kaminski, „dass mich das wohl was angeht. Ihr seid doch nicht dabei, das Verbot,

Kontakt zu Hauptkommissar Bayer aufzunehmen, zu übertreten?"

„Sag mal, hast du sie noch alle? Wir haben Dienstschluss und sind rein privat unterwegs."

„Ja, ja, zur Grillparty von Wolfram Bayer."

„Und wenn? Rein privat, wie gesagt."

„Das ist die Frage." Götz Kaminski machte ein sehr nachdenkliches Gesicht. „Ich habe mich im Präsidium eigens noch einmal rückversichert. Es ist nicht erlaubt, dass Mitglieder meiner Soko im Augenblick Kontakte zu Kriminalhauptkommissar Bayer unterhalten. Weder dienstlich noch privat."

„So einen Schwachsinn habe ich ja noch nie gehört", sagte Kerstin Weiß. „Da werde ich doch gleich selber mal im Präsidium anrufen und mir das bestätigen lassen."

„Ich glaube nicht, dass du da jetzt noch jemanden erreichst. Es ist Samstagabend. Außerdem ist es auch irrelevant, weil ich für zwanzig Uhr eine Besprechung in der Dienststelle angesetzt habe. Ihr müsst euch sputen, wenn ihr pünktlich sein wollt. Auf geht's, Mädels!"

Kerstin Weiß stand da, puterrot vor Zorn.

„Woher weißt du das mit der Grillparty überhaupt?", fragte sie. „Werden wir mittlerweile abgehört? Oder was?"

„Ach nee du, gar nicht nötig. Wolfram Bayer hat eben eine laute Stimme, wenn er Gäste einlädt. Einen gewissen Schwarz beispielsweise. Soll ja auch ein enger Freund von dir sein. Wirst ihn leider aber heute Abend nicht mehr treffen. Ich fürchte mal, unsere Besprechung wird die halbe Nacht dauern. Wir brauchen dringend Ergebnisse."

„Blacky", sagte Kerstin Weiß verwirrt. „Er ist auch eingeladen? Von Wolfram Bayer?"

„Scheint eine interessante Gesellschaft zu sein. Aber wie gesagt, man wird auf euren Charme verzichten müssen. Und jetzt hurtig. Wir sehen uns in zehn Minuten."

Götz Kaminski stieg in den BMW, wendete mit pfeifenden Reifen und brauste davon.

Kerstin Weiß ballte in ohnmächtiger Wut die Fäuste und stampfte mit dem Fuß auf.

„Scheiße!", brüllte sie in die abendliche Walther-von-der-Vogelweide-Straße hinein.

*

Blacky kam rechtzeitig, um die kleine Ansprache zu hören, die Wolfram Bayer seit vielen Jahren am traditionellen Grillabend an seine Gäste richtete.

„Liebe Freunde, ich bin kein Mann großer Worte. Vor fast zwanzig Jahren haben wir dieses kleine Schweinfurter Volksfest im Hause Bayer ins Leben gerufen, weil wir keine Lust mehr hatten, aufs große Volksfest zu gehen. Das hat zwar unser Freund Hartmut nie so gerne gehört, trotzdem ist er mit seiner Frau in all den Jahren an diesem Abend zu uns gekommen. So auch heute. Und wie immer hat er das Fass Bier spendiert. Dafür herzlichen Dank. Meine Frau hat die Salate gemacht, und ich sorge dafür, dass auf dem Grill ordentliche Stücke Fleisch und gute Bratwürste liegen. Wünsche uns allen einen schönen Abend."

Blacky fühlte sich völlig deplaziert. Keiner nahm ihn zur Kenntnis, und Kerstin Weiß war nirgends zu sehen. Er war eindeutig auf der falschen Party. Dann klingelte sein Handy.

Kerstin Weiß ruft an leuchtete auf dem Display auf. Er ging in eine stille Ecke des Gartens und nahm den Anruf entgegen.

„Hallo, Kerstin?"

„Christian!" Ihre Stimme klang ziemlich atemlos. „Wo bist du?"

„Auf der Grillparty deines Chefs."

„Tatsächlich? Wieso das denn?"

„Er hat mich eingeladen."

„Interessant. Okay, richte ihm schöne Grüße von mir aus und sag ihm, er soll mich so bald wie möglich anrufen. Ja, und hast du Lust, mit mir morgen früh in den Wehranlagen joggen zu gehen?"

„Joggen? Morgen früh? Du hast Ideen."

„Danach Frühstück bei mir."

„Das klingt gut."

„Okay, dann treffen wir uns um acht, ja? Bis dahin."

Ehe er noch ein Wort sagen konnte, hatte sie aufgelegt. Verblüfft hielt er eine Weile sein Handy in der offenen Hand. Kerstin Weiß überholte sich in ihrer Spontanität mal wieder selbst. Und sie wollte etwas von ihm. Er entschied, sich ein Steak vom Grill zu holen und dabei ein paar Worte mit Wolfram Bayer zu wechseln.

*

Kerstin Weiß hatte den Mini durch die Stadt gejagt und dabei geflucht wie ein besoffener Fuhrmann.

„Drecksack, Arsch, Lump, Idiot", schimpfte sie. „Aber der wird sich noch wundern."

Dann hatte sie sich beruhigt und Blacky angerufen.

„Meinst du, Wolfram wird zurückrufen?", fragte Marion Werner nach dem Telefonat.

„Klar. Wieso denn nicht?"

„Wegen des Kontaktverbots."

„Ach, das ist doch völliger Blödsinn. Sie können uns nicht verbieten, miteinander zu telefonieren. Und sie konnten uns auch nicht verbieten, privat auf die Grillparty zu gehen. Deshalb hat Kaminski jetzt diese Besprechung aus dem Hut gezaubert. Wenn ich nur wüsste, was das ganze Theater soll."

„Sie wollen Wolfram aus der Sache raushalten. Mit allen Mitteln."

„Wahrscheinlich. Zumindest so lange, bis sie ihren dringend der Tat Verdächtigen haben. Na gut, den kriegen sie."

„Wie meinst du das?"

„Warte mal ab. Ich werde Kaminski jetzt ficken."

„Kerstin! Was du immer für Ausdrücke hast."

„Na und? Bist du im Mädchenpensionat aufgewachsen, oder was?"

Kerstin Weiß' Blick war düster, und sie trommelte mit den Fingern einen wilden Marsch aufs Lenkrad. Kriminalkommissarin Marion Werner war sich nicht mehr so sicher, ob die Gründung der weiblichen Guerillaeinheit eine gute Idee gewesen war.

*

„Na", sagte Wolfram Bayer und grinste breit, „wie will Blacky denn sein Steak? Rot oder durch?"

„Ein bisschen rosa wär' prima", antwortete Blacky und grinste zurück. „Ich soll Grüße von Kerstin ausrichten. Sie bittet darum, dass Sie sie anrufen. Möglichst bald."

„Kerstin?", sagte Wolfram Bayer und ließ den Blick durch den Garten schweifen. „Stimmt, sie ist nicht da."

„Sie wird, fürchte ich, auch nicht kommen, so wie sie am Telefon geklungen hat."

Der Kriminalhauptkommissar kehrte zu seinem üblichen Gesichtsausdruck zurück.

„Nicht gut", sagte er. „Aber egal. Das Steak ist gleich fertig."

„Ich hätte vielleicht was für Sie", meinte Blacky. „Ich wollte es eigentlich heute Abend Kerstin sagen."

„Ich höre."

„Betrachten Sie es als Erwiderung Ihres Friedensangebots, okay?"

„Einverstanden."

„Wissen Sie, wer Thomas Bernhard war?"

„Keine Ahnung."

„Ein österreichischer Schriftsteller", erklärte Blacky. „Schon tot. Soll ein großer Sprachkünstler gewesen sein."

Wolfram Bayer hörte auf, seine Steaks und Bratwürste zu wenden, und sah Blacky an, als würde er chinesisch reden.

„Und?"

„Am Fränkischen Theater in Maßbach ist zurzeit ein junger Schauspieler engagiert, der Will Bernhard heißt. Oder besser: sich so nennt. Will nach William Shakespeare und Bernhard, weil er diesen österreichischen Schriftsteller sehr verehrt. Sein Künstlername."

„Aha."

„Sein richtiger Name ist Korbinian Wurzer. Er ist der Sohn von Oberstaatsanwalt Wurzer. Haben Sie das gewusst?"

„Nein. Ich wusste nicht einmal, dass er einen Sohn hatte."

„Sie scheinen sich überhaupt nicht verstanden zu haben. Haben sich gegenseitig wohl aus ihrem Leben gestrichen. Korbinian Wurzer soll seinen Vater richtig gehasst haben."

„Und wer hat Ihnen das gesteckt?"

„Informantenschutz", sagte Blacky. „Sorry."

„Kein Problem. Trotzdem danke. Und hier kommt das Steak. Salate gibt's bei meiner Frau in Hülle und Fülle."

Wolfram Bayer legte Blacky ein großes, dickes Filetsteak auf den Teller.

„Sie sind wie ein Vater zu mir", sagte Blacky.

„Verschwinde", knurrte Wolfram Bayer. „Und lass es dir schmecken, mein Sohn."

*

Es zeigte sich rasch, dass Erster Kriminalhauptkommissar Götz Kaminski nichts auf der Pfanne hatte. Er schwadronierte herum, während die Mitglieder der Soko *Riesenrad* lustlos in ihren Stühlen hingen.

„Natürlich wird das Ergebnis der ballistischen Untersuchung des sichergestellten Projektils durch das LKA am Montag einige Aufschlüsse geben", sagte er. „Aber so viel steht jetzt schon fest: Es handelte sich um ein Scharfschützengewehr, vielleicht aus Osteuropa. Der letzte Lebenstag von Oberstaatsanwalt Wurzer konnte nur zum Teil rekonstruiert werden. Er war von acht Uhr morgens bis etwa sechzehn Uhr in seinem Büro. Soweit wir wissen, betrieb er dort Aktenstudium, Vorbereitung auf einen simplen Prozess wegen Totschlags nächste Woche. Zu Mittag hat er wie häufig ein belegtes Brot gegessen. Die Auswertung der Schriftstücke im Büro ist noch nicht abgeschlossen. In seinem Privathaus befindet sich irrsinnig viel Material, er scheint kaum je etwas weggeschmissen zu haben. Es wird noch Tage dauern, bis wir da durch sind. Was er nach sechzehn Uhr gemacht hat, wissen wir nicht. Er scheint zu Fuß zum Volksfestplatz gegangen zu sein. Die Umstände seiner Fahrt mit dem Riesenrad sind hinlänglich bekannt. Woher er das Geld hatte, ist nach wie vor völlig unklar. Eine erste Durchsicht seiner Bankkonten hat ergeben, dass er wohlhabend, aber nicht reich war. Bewegungen auf den Konten, die auch nur annähernd zu der Summe von einer Million Euro führen würden, sind nicht festzustellen. Natürlich kann er noch über andere Konten verfügt haben. Ein Safe in seinem privaten Arbeitszimmer zu Hause wurde geöffnet, aber auch da haben sich keine Hinweise ergeben. Es steht also eher zu vermuten, dass er das Geld – zu welchem Zweck auch immer – von jemand erhalten hat. Was meine grundsätzliche Theorie stützt."

Er machte eine Pause, trank ein Glas Wasser in einem Zug leer und grinste dann hinterhältig.

„Ich komme zu einer Idee, die mir im Laufe des Tages sozusagen in den Kopf gestiegen ist. Es ist eine Art luftiger Gedanke, zugegeben. Beim Studium der Einsatzprotokolle des gestrigen Abends ist mir aufgefallen, dass sich im Landkreis Schweinfurt ein merkwürdiger Unfall ereignet hat. Ein Heißluftballon ist explodiert und abgestürzt, der Ballonführer kam auf nicht geklärte Weise ums Leben, ein zweiter Mann wird vermisst. Niemand hat da bisher eine Verbindung gezogen. Nun gut, mit den Ermittlungen war Kriminalmeister Urban betraut, ein junger, unerfahrener Mann. Aber als ich das gelesen habe, war mir sofort alles klar."

Beifallheischend schaute Götz Kaminski in die Runde. Kerstin Weiß spürte, wie schon wieder unbändige Wut in ihr hochkroch. Sie ballte die Fäuste und versuchte dabei eisern, ein völlig neutrales Gesicht zu zeigen. Aber Kaminski hatte sie im Visier, er sah ihr direkt in die Augen, seine Zunge fuhr leicht aus dem Mund und leckte an den Lippen. Es war an der Zeit, ihn aufs Kreuz zu legen.

„Was ist", fuhr er fort, „wenn der Schuss auf Oberstaatsanwalt Wurzer aus diesem Heißluftballon abgegeben wurde? Ist das nicht eine bestechende Idee von mir, die alles erklären würde?"

„Ist das technisch überhaupt machbar?", fragte der junge Kriminalkommissar vom Wirtschaftsdezernat. „Sowohl was die Flughöhe anbelangt als auch die Möglichkeit, auf diese Weise überhaupt einen präzisen Schuss zu setzen?"

„Das müssen die Experten klären", sagte Kaminski. „Jedenfalls sehe ich es als Spur, die unbedingt weiterverfolgt werden muss."

Kerstin Weiß wartete angewidert ab, bis die dämlichsten ihrer Kollegen endlich mit dem Applaus fertig waren. Dann hob sie aufreizend langsam die Hand.

„Ich habe auch noch etwas beizutragen", sagte sie. „Götz, du hast mich gebeten, einige Fakten aus dem türkischen Milieu zusammenzustellen. Das war in der Kürze der Zeit nicht möglich, aber ich möchte trotzdem die Katze aus dem Sack lassen."

Sie spürte, wie es still um sie herum wurde.

„Wie es sich anscheinend ja herumgesprochen hat, habe ich Kontakte zu einem türkischen Fotografen hier aus Schweinfurt. Sein Name ist Murat Demir. Er ist der Bruder des bekannten türkischen Rechtsanwaltes Okan Demir und Onkel von Hülya, dem kleinen Mädchen, das vor Fasching verschwunden war. Wie alle wissen, ist es dann wohlbehalten bei seiner Mutter in Dubei aufgetaucht. Jedenfalls, nach dieser Geschichte hat Murat Demir versucht, sich an mich heranzumachen. Wie ich inzwischen weiß, geschah dies im Auftrag des heute Vormittag schon erwähnten Süleyman Akbey, der hier in der türkischen Community im Hintergrund wirklich alle Fäden zieht. Murat Demir wollte mich immer wieder aushorchen, ob die Behörden eventuell planen, Herrn Akbey auf die Finger zu schauen und die türkische Schattenjustiz zu unterbinden."

„Ist dabei der Name von Oberstaatsanwalt Wurzer gefallen?", fragte Kaminski.

„Ja", sagte Kerstin Weiß mit fester Stimme.

Erster Kriminalhauptkommissar Götz Kaminski stand der Triumph ins Gesicht geschrieben.

„Habe ich es euch nicht gesagt? Ich habe einen Riecher für so etwas. Wisst ihr, schon allein der Tag des Mordes: Freitag, islamischer Feiertag. Da schlagen die immer zu. Jetzt haben wir nicht nur die üblichen Verdächtigen. Jetzt haben wir einen dringend der Tat Verdächtigen. Kerstin, großes Lob! Ich schlage vor, wir lassen ein SEK kommen, Zugriff noch heute Nacht. Pressekonferenz morgen Mittag. Ich informiere sofort die Polizeipräsidentin und das Innenministerium. Wer sagt's denn? Ermittlungserfolg innerhalb eines Tages! Man muss nur den richtigen Mann zum Leiter einer Soko machen, der ein Team motivieren kann. Auf geht's!"

Emsig wie ein Bienenschwarm verließen die Mitglieder der Sonderkommission *Riesenrad* den Besprechungsraum, allen voran Götz Kaminski. Kerstin Weiß blieb einfach am Tisch sitzen und lächelte wie die Sphinx vor sich hin.

„Was war das denn?", fragte Kriminalkommissarin Marion Werner verblüfft. „Völliger Blödsinn, oder?"

„Natürlich", erwiderte Kerstin Weiß. „Ich hab gesagt, ich fick ihn. Jetzt fällt er auf die Schnauze."

„Ja, aber … dieser Murat Demir. Er hat doch überhaupt nichts mit der Sache zu tun."

„Wie sagte Kaminski heute so schön? Kollateralschaden. Murat ist hart im Nehmen. Er wird es überstehen."

„Ist er eigentlich wirklich dein … Lover? Wie immer gemunkelt wird?"

„Das geht dich überhaupt nichts an. Jedenfalls ist Kaminski jetzt beschäftigt, und am Ende wird er der Gelackmeierte sein. Er braucht unbedingt eine Abreibung. Wenn einer so frech anderer Leute Ideen als seine eigenen ausgibt … ich könnte kotzen."

„Wieso?"

„Weil diese Theorie mit dem Heißluftballon von Wolfram stammt. Er hat heute Morgen am Telefon davon gesprochen. Urban, der kleine Depp, hat mitgehört und alles an Kaminski weitergegeben. Ich hab dir doch gesagt, er lebt nur auf Kosten anderer. Egal, wir haben jetzt Zeit, in eine ganz neue Richtung zu denken."

„Willst du mir nicht endlich einmal sagen, was du damit meinst?", fragte Marion Werner.

„Ja", sagte Kerstin Weiß. „Ich bin bei meiner Recherche heute Morgen auf die große Tragödie im Leben des Oberstaatsanwaltes Leopold Wurzer gestoßen."

15

Erster Kriminalhauptkommissar Götz Kaminski schien zaubern zu können. Im Handumdrehen hatte er alles, was er brauchte. Kerstin Weiß konnte nur noch staunen. Spät am Abend telefonierte sie mit Wolfram Bayer. Sie brachte ihn auf den Stand der Dinge.

„Gut gemacht", sagte er. „Erstklassiger Köder. Mit eingebautem Sprengsatz. Die ganze Sache wird ihm bös um die Ohren fliegen. Und vielleicht bist du mit deiner Idee doch auf der richtigen Spur. Dass jetzt ausgerechnet Wurzers Sohn auftaucht, ist schon merkwürdig."

„Allerdings. Und du weißt überhaupt nichts von der Sache mit Leopold Wurzers Tochter?"

„Das war vor meiner Zeit in Schweinfurt. Es wurde nie darüber geredet. Ich erinnere mich dunkel, dass bei irgendeiner Gelegenheit mal eine Andeutung fiel, Doktor Wurzer habe persönlich viel Unglück mit seiner Familie erlebt. Aber keiner rückte mit Einzelheiten heraus. Du weißt ja, wie wortkarg die Schweinfurter sein können, wenn's um solche Dinge geht."

„Es würde ein neues Licht auf die Million werfen, die er dabeihatte."

„Vielleicht, Kerstin, vielleicht. Aber warum wurde er dann umgebracht und das Geld hat den Besitzer nicht gewechselt?"

„Verpatzte Lösegeldübergaben gibt es häufig. Ich habe ja auch kein fertiges Modell. Es ist nur so eine Intuition. Und du hast mir doch beigebracht, dass sich die Lösung von Mordfällen meistens im persönlichen Umfeld findet."

Er berichtete ihr von seinem Gespräch mit Blacky.

„Ich fahre morgen nach Maßbach, um mir den jungen Mann vorzuknöpfen."

„Will Bernhard", sagte Kerstin Weiß. „Der Sohn von Leopold Wurzer … Jetzt weiß ich natürlich, an wen er mich erinnert hat. Er sieht seinem Vater ziemlich ähnlich. Und er ist ein Lügner. Er hat behauptet, nichts, aber auch gar nichts über Klaas Peimann zu wissen. Doch ich habe es in seinen Augen gesehen, wie er gelogen hat. Gewaltig gelogen. Auch Schauspieler haben keine Macht über ihre Augen."

„Ich werde ihn knacken", sagte Wolfram Bayer. „Denn jetzt habe ich einen Trumpf in der Hand."

„Noch etwas anderes … Wieso hattest du eigentlich Christian Schwarz eingeladen?"

„Ich dachte, du legst vielleicht auf seine Gegenwart Wert."

„Wolfram!"

„Na ja, die Situation ist im Augenblick kompliziert. Eventuell kann er als so eine Art unauffälliges Verbindungsglied zwischen uns fungieren, wenn Kaminski Schwierigkeiten macht. Urban weicht mir nicht von der Seite und gibt treu und brav alles weiter. Von daher könnte dein Blacky nützlich sein."

„Okay. Aber er ist nicht mein Blacky."

Kerstin Weiß fuhr nach Hause und ging mit schlechtem Gewissen zu Bett. Sie brachte es nicht fertig, bei der Festnahme von Murat Demir dabei zu sein.

Um zwei Uhr morgens stürmte ein Sondereinsatzkommando die Wohnung des türkischen Fotografen Murat Demir in der Schweinfurter Bauerngasse. Er wurde aus dem Bett gerissen, mit Handschellen gefesselt, auf die Straße gezerrt und in die Justizvollzugsanstalt in der Hadergasse gebracht. Dort wartete bereits ein Haftrichter, der aufgrund dringenden Tatverdachts wegen Mordes an Oberstaatsanwalt Dr. Leopold Wurzer Haftbefehl erließ. Man gestattete Murat Demir, einen Anruf zu tätigen. Er verständigte seinen Bruder, den Rechtsanwalt Okan Demir. Dann schloss man ihn in eine Zelle, wo ihn Erster Kriminalhauptkommissar Götz Kaminski bis zum nächsten Tag schmoren lassen wollte.

*

Punkt acht Uhr morgens stellte Blacky die Fiat Barchetta auf dem Parkplatz in den Wehranlagen ab. Wie immer hatte er es nicht geschafft, den kurzen Weg vom Zürch über die Maxbrücke zu Fuß zu gehen. Eine Minute nach acht klingelte sein Handy.

„Wo bist du?", fragte Lothar. „Ich steh vor deiner Tür, eine Tüte Brötchen in der Hand."

„Ach du Scheiße", sagte Blacky. „Vergessen. Ich bin joggen."

„Du klingst noch nicht außer Atem."

„Ich will gerade joggen gehen."

„Dann komm zurück."

„Schwierig. Ich bin verabredet."

„Ach so", sagte Lothar und legte auf. Blacky verdrehte die Augen. Irische Mimose.

Der weiße Mini von Kerstin Weiß fegte heran und ließ

die Kieselsteinchen spritzen. Direkt vor ihm kam er zum Stehen. Sie sprang heraus und vibrierte vor Energie. Die flachsblonden Haare zum Zopf gebunden, kurze Jogginghose, bauchfreies Top. Blacky war begeistert.

„'tschuldigung", sagte sie. „Bin zu spät. War eine kurze Nacht. Wie war's beim Grillen?"

„Langweilig. Aber das Steak war Spitze."

„Dann hast du ja jetzt Kraft. Also los."

„Ich war lang nicht mehr joggen", sagte Blacky.

„Und was soll das heißen?"

„Dass wir es langsam angehen. Vielleicht nur die kleine Runde. Oder sogar gleich Frühstück."

„Kommt nicht in Frage. Auf geht's!"

Sie setzte sich in Bewegung, und ihre ersten Schritte waren noch verhalten. Blacky hielt tapfer mit. Dann steigerte sie das Tempo. Er fiel sofort zurück. Der Pfad zwischen Büschen und Bäumen lag im Schatten, aber es war auch jetzt schon wieder warm. Sie wandte den Kopf.

„Tempo halten! Ruhig atmen! In den Flow kommen."

Er nickte und versuchte, in den Flow zu kommen. Der Abstand wurde größer. Sie drehte sich nicht mehr um. Sein Tempo wurde geringer. Der Atem hastig. Sie verschwand hinter einer Biegung. Als er die Biegung erreicht hatte, war sie nicht mehr zu sehen. Er passierte die erste Markierung. Fünfhundert Meter hatte er geschafft. Eintausendfünfhundert lagen noch vor ihm. Wenn er die kleine Runde nahm. Es war sicher, dass sie die große lief. Vier Kilometer. Wenn sie gut drauf war, verdoppelte sie. Er hatte noch nie mehr als vier Kilometer geschafft. Mit Müh und Not. Heute würde er nicht einmal die kleine Runde packen. Und wie immer würde sie ihn irgendwann überrunden. Er hatte keine Lust mehr, sich das zu geben. Sport war Mord. Was er schon lange insgeheim wusste, gestand er sich in diesem Augenblick offen ein. Schluss damit.

Unvermittelt blieb er stehen. Dann wandte er sich um und trottete zum Parkplatz zurück. Er setzte sich in die offene Barchetta, schaltete das Radio ein und wartete. Sinnigerweise lief gerade der Genesis-Song *Follow you follow me.* Auch eine Art Betrachtung übers Joggen mit Kerstin Weiß.

Um halb neun unterbrach Brigitte Scheuble ziemlich plötzlich den Flow der Musik. Ihre Stimme klang ernst.

„Heute Nacht gegen zwei Uhr gab es in Schweinfurt einen Großeinsatz der Polizei. Beamte eines Sonderkommandos stürmten eine Wohnung in der Bauerngasse und führten offensichtlich eine Festnahme durch. Weitere Einzelheiten sind noch nicht bekannt. Für zwölf Uhr mittags wurde eine Pressekonferenz angekündigt. Wie ja im Laufe des gestrigen Tages zu erfahren war, handelt es sich bei der Leiche, die am Freitagabend in einer Gondel des Riesenrades auf dem Volksfest gefunden wurde, um den Leitenden Oberstaatsanwalt von Schweinfurt, Doktor Leopold Wurzer. Er soll erschossen worden sein. Es wurde bislang nicht bestätigt, dass der Einsatz der Polizei in der Nacht mit diesem Verbrechen zusammenhängt."

Sie ging noch mit zwei Sätzen auf den Mord im Fränkischen Theater Schloss Maßbach ein und teilte mit, dass die Identität des Opfers mittlerweile auch bekannt sei. Es handle sich um den international renommierten Theaterregisseur Klaas Peimann. Über ein Motiv und einen möglichen Täter gebe es bislang keinerlei Aufschlüsse.

Dann startete sie den nächsten Titel: *Little Lies* von Fleetwood Mac. Insgesamt auch nicht ganz unpassend, dachte Blacky.

Er klappte den Sitz etwas nach hinten, legte den Kopf zurück und schloss die Augen. Die Morgensonne war wohltuend warm, aber noch nicht störend. Beim Eindösen hörte er Kies knirschen. Kam Kerstin schon zurück? Er spürte eine Bewegung neben sich. Jetzt die Augen geschlossen halten. So tun, als ob er schliefe. Was sie wohl machen würde? Er malte sich einen Moment lang einen Kuss aus. Urplötzlich witterte er die Gefahr. Der Versuch, die Augen aufzureißen. Ein dunkler Schatten. Etwas, das auf ihn zukam. Der Reflex, auszuweichen. Erst ein dumpfes Gefühl auf seinem Kopf, dann ein Dröhnen, das sich rasend schnell ausbreitete und ihm den Atem raubte, der Beginn eines stechenden Schmerzes. Er sah Lichtblitze und rote Punkte. Dann wurde es Blacky schwarz vor Augen.

*

Nachdem Will Bernhard an diesem Morgen getan hatte, was er tun musste, fuhr er von Schweinfurt aus nach Bad Kissingen. Er schlenderte im Rosengarten umher und wartete darauf, dass sie kommen würde. In einer SMS hatte er ihr mitgeteilt, wo er war. Als er am Ufer der Saale stand und der lebhaften Strömung zusah, wie sie an den dunkelgrünen Wasserpflanzen zupfte, spürte er sie hinter sich. Er drehte sich nicht um. Sie würde tun, was sie so oft tat: ihm die Hände über die Augen legen und flüstern: „Nicht bewegen. Ich bin jetzt bei dir."

Sie tat es. Er bewegte sich nicht. Stand da und wartete. Hielt die Augen geschlossen und genoss den leichten Druck ihrer Handflächen. Sie ließ ihn lange warten. Dann fühlte er, wie sie sich an ihn presste. Er atmete tief ein und hielt die Spannung. Ein Augenblick für die Ewigkeit.

Wie immer brach sie den Zauber unvermittelt ab. Sie nahm die Hände weg und sagte kühl: „Du kannst dich jetzt umdrehen."

Er gehorchte, wie er ihr immer gehorchte. Sie stand vor ihm und lächelte. So als ob nie etwas gewesen wäre. Ihm war, als fiele der ganze Druck der letzten Stunden innerhalb dieser einen Sekunde von ihm ab. Die schwarzen Locken rieselten über ihre nackten Schultern. Ihr Sommerkleidchen war schreiend bunt. Ophelia, sein Paradiesvogel.

„Ich habe manchmal gedacht, ich würde dich nie wiedersehen", sagte er.

„So ist es im Leben doch immer. Oder?"

Sie nahm ihn bei der Hand.

„Komm, wir setzen uns auf eine Bank. Hier ist es so schön."

Als sie ihm gestern gesagt hatte, wo sie war, hatte er gewusst, dass sie dem Charme Bad Kissingens erliegen würde. Dieser Abglanz einer vergangenen Welt; der Welt, die sie liebte. Fin de Siècle. Die Dekadenz jener verblassten Epoche. Kulissen ihres unaufhörlichen Spiels.

„Wir müssen ernsthaft reden", sagte er. „Dies alles ist kein Spiel mehr."

„Ich weiß", erwiderte sie zu seiner Überraschung. „Nun ist es kein Spiel mehr. Das Leben will jetzt etwas von uns. Was ist mit deinem Vater geschehen?"

Er erzählte ihr, was er aus der Zeitung wusste.

„Ich war heute Morgen in Schweinfurt", sagte er. „Erst am Grab meiner Mutter, dann bin ich zu unserem Haus gefahren. Ich weiß nicht mehr, wann ich das letzte Mal dort gewesen bin. Es sah aus wie immer. Ich habe keine Ahnung, was nun auf mich zukommt. Vielleicht will ich es auch nicht wissen."

„Wer ihn wohl getötet hat?", fragte sie.

„Ich denke, ein Oberstaatsanwalt hat viele Feinde. Es ist auch egal. Er war immer ein Gespenst für mich. Vielleicht kann ich jetzt endlich leben."

„Er wird dir auch weiterhin erscheinen", sagte sie. „Genau so, wie uns Klaas von nun an erscheinen wird."

„Was ist am Freitagabend geschehen?", fragte er.

„Ich weiß es nicht. Er hatte mir am Nachmittag hier im Hotel eine große Eifersuchtsszene gemacht. Nichts von Belang. Eine von vielen. Ich war am Morgen aus Venedig gekommen, wir hatten uns seit Wochen nicht gesehen. Dich habe ich seit zwei Monaten nicht gesehen. Er hatte getrunken, die Proben liefen nicht gut. Er stimmte das alte Lied an: dass er ohne seine Muse keine Inspiration verspüre. Er wollte mit mir schlafen, ich habe mich geweigert. Voller Wut ist er gegangen."

„Warum wolltest du mich unbedingt im Park des Schlosses treffen? So nahe bei ihm?"

„Der Reiz der Gefahr. Und eine alte Erinnerung. Die Felsengrotte. Schloss Maßbach. Mein allererstes Engagement nach der Schauspielschule. Ich war so jung damals. Wir haben eine Kriminalkomödie gespielt, mit der alten Chefin des Theaters in der Hauptrolle. Sie war die Mörderin. Den Titel weiß ich nicht mehr."

„Was hast du gesehen?", fragte Will Bernhard.

„Ich war zu früh. Aber ich war vorsichtig. Er lungerte vor der Felsengrotte herum. Ich hatte dich gewarnt. Wir sind verraten worden. Wie Tristan und Isolde."

„Und wer kann uns verraten haben? Niemand in Maßbach wusste von unserer Liaison. Über dich gab es nur unbestimmte Gerüchte. Die geheimnisvolle Muse von Klaas Peimann."

„Er hat Andeutungen gemacht bei unserem Streit am Nachmittag. Aber er blieb im Ungefähren. Doch wie du ja gehört hast, wusste er genau Bescheid."

„Du hast also unseren Disput mit angehört?", fragte Will Bernhard.

„Ich hatte mich hinter Bäumen versteckt. Als er dich angeschrien hat, bin ich weggelaufen. Ich bin ins Dorf hinunter und habe mich im Wirtshaus an meinen alten Tisch gesetzt. Als ich zurückgekommen bin, war die Polizei schon da. Hast du ihn umgebracht?"

„Du stellst mir diese Frage zum zweiten Mal."

„Sie ist so naheliegend."

„Ich bin einfach gegangen. Du weißt, wie er ist … wie er war. Er hat irgendwann nur noch gebrüllt. Ich habe ihn noch gehört, als ich schon oben am Schloss war. Plötzlich verstummte er. Ich dachte, du …"

Sie schüttelte sanft den Kopf.

„Wer dann?", fragte er.

„Du hast mit ihm zusammengearbeitet. Wen hat er sich in dieser Zeit zum Feind gemacht?"

„Ich glaube, niemanden. Er war sehr mild für seine Verhältnisse. Kaputt. Müde. In sich gekehrt."

„Wen hat er gevögelt?", fragte sie. Ihre Stimme klang sachlich.

„Keine Ahnung. Kristin vielleicht. Sie hat sich ihm an den Hals geschmissen. Klaas, ihr Gott des Theaters. Eventuell

Boris. Er spielt den Lysander. Was weiß ich? Es hat mich nicht interessiert."

„Und wer hat sich für dich interessiert?"

„Niemand. Es gibt für mich nur dich auf der Welt. Das weißt du doch."

„So ist die Welt nicht, Will. Das ist es, was ich weiß. Außerdem habe ich gefragt, wer sich für dich interessiert hat. Denn sie ist die Verräterin."

„Es gibt niemanden. Ich schwöre es dir."

„Schwüre", sagte sie verächtlich und lächelte dabei. „Komm endlich mit. Wir reden zu viel."

Sie stand auf, packte ihn bei der Hand und zog ihn mit sich fort.

16

Es war sein erster Rausch seit langem gewesen. Als junger Bierbrauer hatte Hartmut Grühn zeitweise kaum einen anderen Zustand gekannt, am Anfang seiner Ehe war es viel besser geworden, mit der Geburt seines Sohnes hatte er das Trinken völlig aufgehört und Bier nur noch verkostet. Dann gab es unterschiedliche Phasen, seit dem Unglück trank er regelmäßig, aber nie bis zum Rausch. Doch in Wolfram Bayers Garten hatte er sich sinnlos betrunken. Erst mit seinem eigenen Bier, um die gutgewürzten Steaks und Bratwürste hinunterzuspülen, dann mit Wolframs Whisky. Der Kriminalbeamte war kein wirklicher Kenner, sein Vorrat eher bieder, aber auch ein Chivas Regal tat seinen Zweck, wenn es sein musste. Und an diesem Abend musste es sein.

Erika Grühn hatte ihn gewähren lassen. Sie wusste, warum er es tat. Spät in der Nacht hatte sie ein Taxi gerufen, ihn nach Hause gebracht und im Wohnzimmer allein gelassen. Er hatte noch zwei Lagavulins gekippt, dann war er umgefallen. Sie war zurückgekehrt, hatte eine Wolldecke über ihn gebreitet und war zu Bett gegangen.

Am Morgen hatte er sich hochgerappelt, eiskalt geduscht, ein Taxi bestellt und sich auf den Weg gemacht. Sein zweiter und letzter Sonntagsfrühschoppen im Festzelt war eine wichtige Angelegenheit, und er hoffte, Neuigkeiten zu erfahren.

Der Schaustellergottesdienst war vorüber, die Blaskapelle spielte, Hartmut Grühn spürte, wie das Leben in ihn zurückkehrte. Als er den Gang zu seinem Tisch entlangmarschierte, ergötzte er sich an der Idee, wie es wäre, wenn er Carla gebeten hätte, mitzukommen. Blöde Gesichter, aufgerissene Münder, Getuschel hinter seinem Rücken. Ein Spaß wäre das geworden. Vielleicht war es an der Zeit, die heimliche Komödie zu einer wirklichen zu machen. Er wusste, dass sie alle, wie sie da saßen, ihre Heimlichkeiten hatten. Gefangene ihrer selbst, zu keinem Befreiungsschlag fähig. Aber noch war er selbst Gefangener und die Idee noch nicht einmal ein erster Schritt.

Er begrüßte leutselig seine Gäste, ein Querschnitt durch Schweinfurts Biedersinn und Bürgerlichkeit. Eben seinesgleichen, wie er sich sofort eingestand und dabei einen leichten Stich da verspürte, wo vielleicht das Herz war. Geschäftsleute und Handwerksmeister, Beamte und Lokalpolitiker, und alle trugen das zur Schau, was ihnen an diesem Vormittag das Wichtigste war: ein Freibiergesicht.

Dann sah er sie.

Sie saß mitten unter den Vertretern der Schausteller, schien dazuzugehören und doch auch nicht. Er konnte sich nicht erinnern, sie je gesehen zu haben. Denn sie wäre ihm bestimmt aufgefallen.

Eine schmale Frau, vielleicht Ende dreißig. Lange rote Haare. Dezent geschminkt. Sehr wache, ausdrucksvolle Augen. Ein leises Lächeln auf den Lippen, als sie bemerkte, dass er sie ansah. Sofort senkte er den Blick.

Gesprächsthema unter den Anwesenden war der nächtliche Polizeieinsatz in der Bauerngasse. Der Landtagsabgeordnete Eckert schien bestens informiert.

„Es ist halt das Problem mit den Salafisten", sagte er. „Aber wir in Bayern lassen die gar net erst aufkommen."

„Murat Demir ist ja nun bestimmt kein Salafist", erwiderte der Kulturchef der Stadt. „Er ist ein ziemlich begabter Fotograf. Seine besten Bilder sind künstlerisch durchaus anspruchsvoll."

„Was ja nicht ausschließt, dass er ein Sympathisant ist", erklärte Eckert. „Ich habe volles Vertrauen in unsere Polizei."

Darauf wurde getrunken, und auf alle weiteren scharfsinnigen Analysen und waghalsigen Hypothesen auch. Dabei spielte die Kapelle ziemlich oft *Ein Prosit der Gemütlichkeit,* was alle aus tiefstem Herzen mitsangen. Nur Hartmut Grühn war nicht bei der Sache. Immer wieder beobachtete er verstohlen die Frau mit den roten Haaren.

Als Erwin Diesel, der Schweinfurter Schaustellerpatriarch, aufstand, um zur Toilette zu gehen, schloss er sich ihm an.

„Du, sag mal, die Frau da mit den langen roten Haaren … wer is'n das? Ich hab die noch nie gesehen."

„Ja, bei der schaut man schon hin, stimmt's? Sie ist das erste Mal hier auf dem Platz. Ihr gehört diese neuartige Geisterbahn, dieses *Gruselige Curiositäten-Cabinett* oder wie das heißt … Sie hat eine ganze Reihe ähnlicher Dinge laufen, ist aber eher im Norden im Geschäft. Ich weiß nix über sie, hab aber gehört, sie soll früher beim Zirkus gewesen sein."

„Und wie heißt sie?"

„Zdenka Rusalka. Ist wahrscheinlich nicht ihr richtiger Name."

„Aus dem Osten?"

„Glaub ich nicht. Hat keinerlei Akzent. Künstlername.

Ihr Macker scheint aber irgendwo aus der Walachei zu kommen. Doch wie g'sagt, ich weiß eigentlich nix. Wieso fragst du sie denn nicht selber? Du bist doch sonst nicht so schüchtern bei Frauen, oder?“

„Keine Ahnung“, sagte Hartmut Grühn. „Sie hat so was im Blick.“

„Bloß weil sie rote Haar' hat, wird sie noch keine Hex' sein.“

„Das nicht“, murmelte Hartmut Grühn. „Aber unheimlich ist sie trotzdem irgendwie. In der brodelt ein Vulkan.“

*

Als Blacky zu sich kam, sah er das sehr besorgte Gesicht von Kerstin Weiß ganz nah über dem seinen.

„Willst du mich jetzt küssen?“, fragte er matt.

„Bestimmt nicht“, erhielt er zur Antwort. „Was ist passiert?“

„Wieso passiert?“

„Du blutest, du warst anscheinend bewusstlos. Bist du gestürzt? Hast du dich gestoßen?“

Er überlegte eine Weile.

„Ich glaube, ich habe eine über die Rübe bekommen“, sagte er schließlich.

„Wie bitte? Von wem?“

„Da war so ein Schatten. Und dann hat's gekracht.“

„Darf ich mal?“

Sie nahm seinen Kopf in beide Hände und musterte die Stelle, wo das Blut aus der Haut sickerte.

„Bei einem Kahlschädel wie dem deinen sind wenigstens keine Haare im Weg“, sagte sie. „Hm, könnte sein.“

„Was könnte sein?“

„Ein Schlag mit einem stumpfen Gegenstand. Hier ist eine ordentliche Platzwunde. Ich ruf mal lieber den Notarzt."

„Ach nö. Wir wollten doch frühstücken."

„Klar, wir frühstücken, nachdem du gerade eine auf die Birne bekommen hast. Mit ein bisschen Glück hast du nur eine Gehirnerschütterung. Ich hoffe mal, es ist nicht mehr."

„Machst du dir Sorgen?", fragte Blacky.

„Blöde Frage. Wichtigere Frage: Hast du etwas gesehen oder gehört?"

„Nichts. Ich glaub, ich hab ein bisschen gedöst."

„Gedöst? Du wolltest joggen."

„*Du* wolltest joggen", sagte er. „Und ich hatte keine Lust, einer Frau hinterherzurennen."

„Das ist ja etwas ganz Neues", sagte Kerstin Weiß sarkastisch.

Dann holte sie ihr Handy aus dem Mini und verständigte die Rettungsleitstelle.

*

Nachdem Wolfram Bayer eine Stunde lang lustlos und halbherzig beim Aufräumen des Gartens geholfen hatte, war er fast froh, als Kriminalmeister Kilian Urban endlich auftauchte.

„Was will der junge Mensch hier?", fragte seine Frau giftig.

„Mich abholen. Wir müssen nach Maßbach."

„Ach Wolfram", sagte sie nur.

Der Leiter der Mordkommission warf Urban die Autoschlüssel zu, setzte sich in den Wagen, stellte die Rückenlehne nach hinten und schloss die Augen.

„Kurze Nacht gehabt?“, fragte Kilian Urban, erhielt aber keine Antwort.

Das Schloss schien wie ausgestorben. Der Tag versprach noch heißer zu werden als der gestrige, doch das alte Gemäuer strahlte unnahbare Kühle aus. Kriminalmeister Urban klingelte am Hauptportal Sturm.

Endlich Gekläffe eines Hundes. Kratzen an der Innenseite der massiven Holztür.

„Ich hasse Hunde“, erklärte Kilian Urban und trat einen Schritt zurück. Die Tür wurde geöffnet, Hamlet, der Mops, schoss heraus und knurrte bedrohlich.

„Er tut nichts.“ Hanne Saams erschien, mit dem klassischen Zitat aller Hundebesitzer auf den Lippen. Sie trug einen rosa Morgenmantel und den Schlaf noch im Gesicht.

„Sie schon wieder?“, murrte sie. „Heute ist Sonntag.“

„Das ist in unserem Fall meistens unerheblich“, sagte Kriminalhauptkommissar Bayer. „Aber meine Frau hat sich auch noch nicht daran gewöhnt. Wir wollen uns weiter umsehen, und ich möchte vor allem Herrn Bernhard sprechen.“

„Will? Er ist nicht da. Als ich heute in aller Früh mit dem Hund gewandelt bin, hat er sich in seinem Auto hinweggehoben.“

„Wissen Sie, wohin?“

„Keineswegs. Wir sind hier kein Internat, verstehen Sie? Eher eine große, aber offene Familie. Keiner ist dem anderen Rechenschaft über sein Gebaren schuldig. Und der Sonntag ist frei. Mit Ausnahme der Abendvorstellung. Doch da spielt Will nicht mit. Er ist nur für den ‚Sommernachtstraum‘ engagiert.“

„Könnten wir vielleicht einen Kaffee haben?“, fragte Wolfram Bayer.

Hanne Saams schien mit sich zu kämpfen. Lange und ausführlich.

„Na gut“, sagte sie endlich.

Sie ging voraus in den Salon und setzte umständlich eine uralte Kaffeemaschine in Gang. Der Mops wich ihr nicht von der Seite. Kilian Urban beäugte ihn misstrauisch. Wolfram Bayer fläzte sich in einen abgewetzten Ledersessel und streckte die Beine aus.

„Was wissen Sie über Will Bernhard?“, fragte er.

„Er wird doch nicht etwa einer Tat verdächtig sein?“, fragte Hanne Saams.

„Beantworten Sie einfach meine Frage.“

„Eigentlich weiß ich nichts über ihn. Er hat sich hier beworben. Wir haben ihn für den Oberon engagiert. Er ist begabt. Ein bisschen zu sehr auf Sprache fixiert. Er müsste noch an seiner Körperlichkeit arbeiten.“

„Wissen Sie, wo er herkommt?“

„Ich glaube, ursprünglich aus Schweinfurt. Was erstaunlich ist. Aus Schweinfurt kommen für gewöhnlich keine Schauspieler. Diese Stadt ist reine Prosa.“

„Aha“, sagte Wolfram Bayer. „Wie kam er denn mit Klaas Peimann aus?“

„Ach, jetzt nähern wir uns der Peripetie der Tragödie, nicht wahr?“

„Wie bitte?“

„Die plötzliche Wendung im Geschehen, Herr Kommissar. Aristoteles. Theorie der Tragödie.“

„Beantworten Sie doch ganz einfach meine Fragen, Frau Saams.“

„Ich verstehe. Ganz prosaisch. Also: Ich weiß es nicht. Hier gehen Schauspieler, Künstler, Neurotiker und verkannte Genies ein und aus. Ich kümmere mich nicht um die mannigfaltigen Webfäden, die da zwischen ihnen kreuz und quer laufen. Es ist stets ein kompliziertes Muster. Und ich liebe das einfache Leben."

„Ja", seufzte Wolfram Bayer. „Ich auch. Aber über Klaas Peimann können Sie mir schon etwas sagen?"

„Diese Frage, Herr Kommissar, haben mir Ihre beiden Kolleginnen schon bis zum sprichwörtlichen Erbrechen gestellt. Er war einst ein großer Mann, er ist dramatisch gescheitert, es war eine Demütigung für ihn, hier bei uns arbeiten zu müssen. Das hat er uns spüren lassen. Jeden Tag. Niemand auf der Welt ist mit Klaas Peimann länger als fünf Minuten ausgekommen. Das war schon seit Jahrzehnten so. Aber keiner hat es je für nötig befunden, ihn deswegen zu zerstückeln. Ich stehe vor einem Rätsel."

„Wir auch", sagte Wolfram Bayer. „Haben Sie die Handynummer von Herrn Bernhard? Ich muss mit ihm sprechen."

„Im Büro."

Hanne Saams verließ den Salon, der Mops watschelte hinter ihr her.

„Echt durchgeknallt", sagte Kriminalmeister Kilian Urban.

„Halten Sie sich mit solchen Urteilen zurück", blaffte ihn der Hauptkommissar an. „Wir haben alle einen Dachschaden. Frau Saams kann den ihren wenigstens in Worte kleiden."

17

„Na ja, ein Dachschaden wird nicht zurückbleiben", sagte der forsche Assistenzarzt in der Notaufnahme des Leopoldina-Krankenhauses, nachdem er Blacky untersucht hatte. „Sie haben ziemlich viel Glück gehabt."

„Können Sie etwas über den Gegenstand sagen, mit dem der Schlag ausgeführt wurde?", fragte Kerstin Weiß.

„Irgendwas aus Holz. Baseballschläger oder so. Offensichtlich nicht mit voller Wucht getroffen. Haben Sie eine Ahnung, wer das war?"

„Nein", sagte Blacky. „Doch ich werd's herausfinden."

„Aber nicht mehr heute", sagte der Arzt. „Sie können nach Hause, müssen sich jedoch schonen. Viel Ruhe, auch noch in den nächsten Tagen. Auf keinen Fall in die Sonne. Tschüs."

Blacky kletterte vom Untersuchungstisch, ließ es sich gefallen, dass Kerstin Weiß ihn ein wenig stützte, und ging mit unsicheren Schritten hinaus in den Gang. „Viel Ruhe … hat der Arzt gesagt", meinte er. „Ich will ins Bett."

„Schon klar", sagte Kerstin Weiß. „Aber ohne mich."

„Du könntest dich wenigstens danebenlegen. Das beruhigt mich."

„Ich habe Arbeit ohne Ende. Aber ich bringe dich natürlich nach Hause. Wenn's dein Brummschädel erlaubt, muss ich auch noch ein paar Worte mit dir reden."

„War mir klar."

„Wieso?“

„Weil du nicht ohne Grund mit mir joggen gehst.“

„Was man so mit dir ‚joggen gehen‘ nennt …“

Sie brachte ihn zu ihrem Mini, mit dem sie dem Notarztwagen hinterhergefahren war. Auf dem Weg in die Stadt klingelte Blackys Handy. Es war Lothar.

„Ich habe Hunger“, klagte er. „Wir wollten frühstücken.“

„Bin gleich zu Hause“, meinte Blacky. „Wenn du willst, komm vorbei. Kerstin ist auch da.“

Vor der Haustür in der Frauengasse stand Sören Eckenstade und drückte wie wild die Klingel.

„Was willst du denn?“, fragte Blacky erstaunt.

Sören starrte interessiert auf das Pflaster, das mitten auf Blackys Schädel klebte.

„Hattest du einen Unfall?“

„Ich hab dich gefragt, was du willst.“

„Muss mit dir konferieren. Unsere Fälle durchsprechen.“

„Eure Fälle?“ Kerstin Weiß klang belustigt, aber eine gewisse Schärfe lag in ihrer Stimme. „Ist ja interessant.“

Lothar kam um die Ecke gebogen.

„Oh, Volksauflauf“, sagte er. „So viele Menschen gibt's ja in ganz Ballyluffininish nicht. Vor allem, wenn ich weg bin. Was hast du mit deinem Kopf gemacht?“

„Was wollt ihr?“, fragte Blacky hilflos. „Ich muss mich schonen.“

„Ich glaube“, sagte Kriminaloberkommissarin Kerstin Weiß, „wir sollten alle zusammen jetzt ein Gespräch führen. Eines dieser Gespräche, die es nicht gibt und die danach auch nie stattgefunden haben.“

*

Sein Handy klingelte im unpassendsten Moment. *Maria* aus der *Westside Story* von Leonard Bernstein.

„Das darf nicht wahr sein", stöhnte Ophelia.

„Lass es klingeln", sagte er. „Es hört gleich auf."

Sie schloss die Augen. Er spürte, wie sie sich verkrampfte.

Der Klingelton ebbte ab. Er versuchte sich zu konzentrieren. Er wusste, wie anspruchsvoll sie war.

Das Handy klingelte erneut.

„Scheiße", entfuhr es ihm. Sie stieß ihn weg.

„Geh schon ran", sagte sie verächtlich. Dann rollte sie sich zur Seite, stand auf und ging ins Bad.

„Hallo?"

„Herr Bernhard?" Eine brummige Stimme. „Hier ist Hauptkommissar Bayer von der Kripo Schweinfurt. Ich muss mit Ihnen sprechen."

„Worüber denn?"

„Über … Ihren Vater. Unter anderem."

„Ich habe keinen Vater."

Dieser Satz, zwanzig Jahre eingeübt, kam wie ein Reflex. Er sagte ihn nicht mehr bewusst.

„Reden Sie keinen Unsinn. Wo sind Sie?"

„Muss ich Ihnen das sagen?"

„Passen Sie auf." Die Stimme wurde nicht lauter, aber tiefer. „Ich kann Ihr Handy auch orten lassen. Das geht ruck, zuck. Und dann lasse ich Sie festnehmen. Aber das wollen wir doch beide nicht, oder?"

Will Bernhard wusste, das war ein Angebot, das man besser nicht abschlug.

„Wo soll ich hinkommen?"

„Hier nach Maßbach. Ins Schloss. Ich warte auf Sie."

Er ging ins Bad. Ophelia saß nackt in einer Ecke auf dem

Boden. Störrisch wie ein Kind. Ein Kind, das sie in Wahrheit auch war.

„Ich hasse diese neue Welt“, sagte sie. „Sie macht alles kaputt. Alles. Alles. Alles.“

*

Lothar kochte Kaffee, Kerstin Weiß suchte im Kühlschrank Wurst und Käse zusammen, Sören deckte den Tisch. Blacky saß auf dem Sofa, hörte dem Brummen seines Schädels zu und dachte nach.

„Was war das?“, fragte er schließlich. „Ein Überfall? Es ist aber alles noch da. Mein Geldbeutel, das Handy, das Auto. Ich versteh's nicht.“

„Wem hast du zuletzt eine Frau ausgespannt?“, fragte Lothar.

„Keinem“, antwortete Blacky und sah verstohlen zu Kerstin Weiß hinüber. Sie tauchte aus den Tiefen des Kühlschranks auf und tat so, als ob sie nichts gehört hätte.

„War auch nur ein Anflug von irischem Humor“, sagte Lothar. „Aber durchaus naheliegend.“

„Die Frage bleibt: War ich ein zufälliges Opfer, oder hatte es jemand auf mich abgesehen? Und warum schlägt mich einer am frühen Sonntagmorgen aus heiterem Himmel einfach so nieder? Wollte er mich umbringen?“

„Oder sie“, sagte Lothar trocken. „Muss man bei dir immer in Erwägung ziehen.“

„Auch wieder irischer Humor, oder was?“

„Jetzt hört schon auf“, sagte Kerstin Weiß. „Ich glaube, es wollte dir jemand einen Denkzettel verpassen.“

„Na klasse“, antwortete Blacky leicht angesäuert. „Dann hätte dieser Jemand mir aber auch noch einen Zettel ins

Auto legen müssen. Damit ich überhaupt weiß, woran ich denken soll."

„Vielleicht kommt noch was nach", meinte Sören.

„Willst du mir Angst machen?"

„Nö. Aber ich rechne immer mit dem Schlimmsten. Muss man in Ostfriesland auch. Schon wegen des Wetters."

„Ich hätte gern Polizeischutz", sagte Blacky zu Kerstin Weiß. „Am liebsten von dir."

„Wird nichts draus. Ich habe jetzt noch 'ne halbe Stunde. Dann muss ich los."

Nach zwei Schluck Kaffee und einem halben Käsebrötchen kam Kerstin Weiß zur Sache.

„Wie schon gesagt, dieses Gespräch jetzt findet nicht statt. Aber ich brauche vielleicht eure Hilfe. Bei uns in der Dienststelle geht es drunter und drüber. Details dazu erspare ich mir. Ich habe eine Idee … eine zugegebenermaßen sehr vage Idee … die ich unter diesen Umständen allein nicht weiterverfolgen kann. Doch die Zeit drängt. Deshalb wollte ich heute Morgen mit dir reden", sagte sie zu Blacky.

„Immer zu deinen Diensten."

„Und da Sören sowieso ‚Fälle durchsprechen' wollte, dachte ich mir: Wieso weihe ich euch nicht alle drei ein? Je mehr Hilfe, desto besser."

„Interessant", sagte Lothar. „Sind wir jetzt die Baker-Street-Boys?"

„Wie bitte?"

„Na, Sherlock Holmes' Spezialtruppe, Gassenjungen, die für ihn herumspionieren. Wie heißt es in *Eine Studie in Scharlachrot* so schön? ‚Ein einziger von diesen kleinen Bettlern kann bessere Arbeit leisten als ein ganzes Dutzend Polizisten. Der bloße Anblick einer offiziell dreinschauenden

Person versiegelt die Lippen der Leute. Diese Jungen dagegen kommen überall hin und hören alles.'"

„Nett", sagte Kerstin amüsiert.

„Natürlich", meinte Lothar, „das Volksfest geht nur noch bis morgen Abend. Danach zerstreut sich das fahrende Volk in alle Winde. Die Zeit drängt also wirklich."

„Wovon redest du?", fragte Blacky.

„Alle Achtung", sagte Kerstin Weiß. „Da kann einer messerscharf kombinieren."

„Wir Kriminalschriftsteller sind nun mal die eigentlichen Meister des Metiers", erwiderte Lothar. „Wenn ich das in aller Bescheidenheit anmerken darf."

„Ich verstehe im Augenblick nichts", erklärte Blacky.

„Das führe ich auf deinen lädierten Kopf zurück. Vielleicht ist die Denkfähigkeit momentan etwas eingeschränkt." Lothar lächelte hintergründig. „Aber die Frage liegt doch eigentlich auf der Hand: Wieso wurde Oberstaatsanwalt Wurzer auf dem Volksfest ermordet? Ausgerechnet da, wo er am wenigsten hingehörte?"

„Jetzt bin ich aber gespannt."

„Vielleicht, weil eben zur Zeit Volksfest ist. Und eine innere Verbindung zwischen ihm und diesem Faktum besteht oder bestanden hat. Aber ich bin sicher, Miss Kerstin Holmes wird uns nun gleich erleuchten."

Lothar machte über den Tisch hin eine Verbeugung zu Kriminaloberkommissarin Kerstin Weiß und biss genussvoll in ein Salamibrötchen.

18

Am späten Vormittag war die Stimmung an den Gästetischen im Festzelt gelöst und heiter. Das Freibier hatte doppelt gewirkt: vom kräftigen Alkoholgehalt her und weil es die Geldbeutel nicht strapazierte. Die ersten Hax'n wurden serviert, die Blaskapelle spielte *Ein Prosit der Gemütlichkeit,* die älteren Herren mussten immer häufiger zur Toilette und standen dort lange und verbissen. Die träge Luft im Zelt stand ebenfalls, und es bildete sich der allgemeine Konsens heraus, den Frühschoppen bis in den Nachmittag hinein auszudehnen.

Hartmut Grühn schaute immer wieder auf die Uhr. Nachdem am Freitag sein Festwirtabend geplatzt war, konnte er es sich nicht leisten, den Frühschoppen zu früh zu verlassen. Andererseits hatte er keine Lust mehr auf das hohle Geplauder, das sinnlose Geschmarre und die ewig gleichen Zoten. Schließlich gab er sich noch eine Stunde; dann würde er zu Carla fahren, um über die Zukunft zu reden. Gestern Abend, in Wolframs Garten, hatte er über die Zukunft nachgedacht, während er sich betrank. Und über Erika, seine Frau. Jetzt, wo er wusste, dass sie alles wusste, war vielleicht alles viel leichter. Wieso sollte es eigentlich nicht eine ganz neue Zukunft geben? Eine ganz andere Zukunft? Er hatte sich seit Martins Tod solche Fragen immer wieder sehr leise gestellt, hatte sie weggeschoben, hatte Angst vor der Antwort gehabt. Plötzlich hatte er keine Angst mehr. Sein Sohn war tot, sein bester Freund war tot. War es für ihn nicht an der Zeit, endlich zu leben? Er schob die Maß weg, die vor ihm stand, und winkte der Bedienung. Wann hatte er eigentlich zum letzten Mal eine Cola getrunken? Carla liebte Cola.

Er spürte eine Hand auf seiner Schulter. Egon Löschert stand hinter ihm, Chef eines Vermögensberatungs- und Versicherungsimperiums. Einer der wenigen Männer in der Stadt, die Hartmut Grühn gerade noch als Freund bezeichnet hätte.

„Kann ich dich mal sprechen? Vertraulich?"

Hartmut Grühn nickte und stand auf.

„Gehen wir raus? Hier ist es viel zu laut."

Sie gingen zu dem Biergarten hinüber, der im Schatten lag. Egon Löschert hatte ein ernstes Gesicht aufgesetzt.

„Es ist wegen … Norbert Hagmeyer", sagte er. „Schreckliche Geschichte. Hast du eine Erklärung? War das ein Unfall?"

Hartmut Grühn sah ihn prüfend an.

„Geht es um Geld?", fragte er.

„Ja. Dieses Gespräch ist jetzt wirklich ein Gespräch unter Freunden. Natürlich dürfte ich dir das alles gar nicht sagen. Norbert Hagmeyer hat vor nicht allzu langer Zeit eine Lebensversicherung bei uns abgeschlossen. Die Versicherungssumme ist … sehr hoch."

„Wie hoch?"

„Eine Million."

„Das ist sehr viel."

„Ja. Ich wollte dich fragen, ob du die Begünstigte vielleicht kennst. Immerhin … Norbert war ja wohl dein engster Freund."

„Begünstigte?" Hartmut Grühn spürte eine leise Erschütterung. Nicht des Bodens, aber des Fundaments. Konnte sich die Welt wirklich so schnell drehen?

„Eine Carla Witocki. Offensichtlich eine Polin."

„Nein", sagte Hartmut Grühn. „Kenne ich nicht."

Er wusste, dass Egon Löschert die Lüge durchschaute. Es war ihm egal.

*

„Also gut." Kerstin Weiß hatte ihre grauen Augen zu engen Schlitzen zusammengezogen, wie immer, wenn sie hochkonzentriert oder angespannt war.

„Nehmen wir einmal an, ihr würdet das Leben von Oberstaatsanwalt Doktor Leopold Wurzer gründlich recherchieren, dann würdet ihr feststellen, dass er beruflich Karriere gemacht hat und persönlich gescheitert ist. Keine seltene Konstellation bei Männern wie ihm. Seine Frau hat Selbstmord begangen. Und über seinen Sohn Korbinian hat Christian einiges in Erfahrung gebracht."

Sie sah Blacky auffordernd an. Er verstand, dass sie so wenig wie möglich von sich aus preisgeben wollte. Sören hörte auf zu kauen.

„Is' was an mir vorübergegangen?", fragte er.

„Korbinian Wurzer hat unmittelbar nach dem Abitur mit seinem Vater gebrochen", sagte Blacky. „Er scheint ihn regelrecht gehasst zu haben. Dafür gab es wohl viele Gründe, einer der entscheidendsten dürfte gewesen sein, dass Doktor Wurzer den Traum seines Sohnes nicht verstand und missbilligte. Korbinian wollte unbedingt Schauspieler werden, und sein Vater wollte ihn zum Juristen machen. Klassischer Konflikt, würde ich sagen."

„Ach“, zischte Sören. „Hat dir das die blonde Tussi gesteckt?“

„Wenn du Kristin meinst: ja.“

„Und wann?“

„Gestern.“

„Du warst also noch einmal in Maßbach? Entgegen unserer Abmachung, dass wir beide zusammen diesmal investigativ ermitteln?“

Sören biss wütend in sein Schinkenbrötchen.

„Eine solche Abmachung hatten wir nicht“, sagte Blacky. „Und spätestens seit deiner Kotzerei wäre sie sowieso hinfällig gewesen.“

„Können wir bitte weitermachen“, sagte Kerstin Weiß genervt. „Ich habe nicht alle Zeit der Welt.“

„Korbinian Wurzer hat sich den Künstlernamen Will Bernhard zugelegt und ist zurzeit am Fränkischen Theater Schloss Maßbach engagiert“, schloss Blacky. „Was natürlich interessante Fragen aufwirft.“

„Vielleicht“, wich Kerstin Weiß aus. „Wenn ihr weiter im Leben von Leopold Wurzer herumstochern würdet, dann würdet ihr die größte Tragödie entdecken, die dieser Familie und diesem Mann zugestoßen ist. Vor über zwanzig Jahren ist seine Tochter Arabella von einem Tag auf den andern spurlos verschwunden. Es gibt bis heute keine Hinweise darauf, dass sie einem Verbrechen zum Opfer fiel. Vielmehr scheint es so zu sein, dass die Sechzehnjährige von zu Hause weggelaufen ist. So etwas kommt häufiger vor, aber in diesem Fall gab es nie wieder ein Lebenszeichen von ihr. Alle Versuche, sie ausfindig zu machen, sind gescheitert. Es ist möglich, dass ihr nach ihrem Weglaufen etwas angetan wurde. Vielleicht ist sie ins Ausland verschleppt worden.

Oder sie hat irgendwo ein neues Leben begonnen. Wie dem auch sei, daran ist die Familie von Oberstaatsanwalt Wurzer zerbrochen, und er selbst hat Arabellas Verschwinden nie verwunden. Natürlich nicht. Ich habe gestern mit dem pensionierten Oberstaatsanwalt Niklas gesprochen. Er hat mir die Details erzählt und berichtet, dass Leopold Wurzer wie besessen darauf gewartet habe, irgendwann einmal etwas über das Schicksal seiner Tochter zu erfahren."

„Das erklärt mir einiges", meinte Blacky.

„Wieso?"

„Weil er in einem Gespräch vor einigen Wochen sehr erschüttert über das Schicksal verschleppter Kinder und Mädchen gewirkt hat. Er war richtig aufgewühlt. Und er hat Beschuldigungen gegen eine Art weltweites Kartell erhoben, das hinter solchen Verbrechen stehen würde. Gedeckt von Politikern, Großindustriellen, Adeligen. Er hat sogar Namen genannt …"

„Die wir hier vielleicht nicht zu erwähnen brauchen", fiel ihm Kerstin Weiß ins Wort.

„Warum eigentlich nicht? Aber gut, jedenfalls ist mir gestern aufgegangen, dass hier ein Zusammenhang zum Mord an Oberstaatsanwalt Wurzer bestehen könnte. Wenn er einem solchen Kartell auf der Spur war …"

„Ich glaube, Miss Holmes sieht einen anderen Zusammenhang", schaltete sich Lothar ein. „Gehe ich recht in der Annahme, dass Arabella damals während des Schweinfurter Volksfestes verschwunden ist?"

„Ja", sagte Kerstin Weiß verblüfft. „Woher weißt du …?"

„Ich versetze mich nur in deine Gedankengänge hinein", antwortete Lothar. „Die durchaus bemerkenswert sind. Duzen wir uns eigentlich?"

„Jetzt ja." Kerstin Weiß schien einen Moment lang verwirrt. „Ich habe tatsächlich das Gefühl, dass hier eine Spur liegen könnte. Was ist, wenn Arabella vielleicht mit einem Schausteller durchgebrannt ist?"

„Ach nee", stöhnte Blacky. „Das gibt's doch nur im deutschen Schlager oder im Film."

„Die Wirklichkeit übertrifft stets alle Geschichten. Vielleicht wurde Leopold Wurzer in den letzten Tagen mit der Vergangenheit konfrontiert. Jemand aus dem Schaustellermilieu, der die Wahrheit von damals kennt, hat ihm Informationen angeboten. Informationen für viel Geld."

„Wie kommst du denn darauf?", fragte Blacky.

Kriminaloberkommissarin Kerstin Weiß schwieg und nagte an ihrer Unterlippe.

„Ich riskiere meinen Job", sagte sie schließlich, „wenn ihr drei nicht euren Mund haltet. Es unterliegt der Geheimhaltung, aber bei der Leiche von Oberstaatsanwalt Wurzer wurde in einer Tasche eine Million Euro gefunden. Es ist höchstwahrscheinlich, dass er dieses Geld mit sich geführt hat. Zu welchem Zweck auch immer."

„Woher soll er denn so viel Geld gehabt haben?" Blacky schüttelte skeptisch den Kopf.

„Keine Ahnung. Vielleicht erspart. Eine Erbschaft. An der Börse spekuliert. Eine Lebensversicherung nach dem Tod seiner Frau. Was auch immer. Wenn er so besessen davon war, das Schicksal seiner Tochter zu erfahren, kann er durchaus zwanzig Jahre lang alles unternommen haben, um an Geld zu kommen. Um für den Fall der Fälle gerüstet zu sein."

„Alles Spekulation", sagte Sören.

„Richtig", pflichtete ihm Blacky bei. „Vor allem weil das

ja die große Frage nicht erklärt, von wem er umgebracht wurde. Und weshalb."

„Blödsinn", fuhr Lothar dazwischen. „Es würde sie wunderbar erklären. Jemand wollte ihm Informationen verkaufen, ihn dabei aber linken. Um an das Geld zu kommen, hat er ihn getötet."

„Blödsinn", sagte Blacky. „Denn der Jemand hat das Geld ja offensichtlich nicht bekommen."

„Eine Panne. Ein bedauerlicher Fehler. Irgendwas ist schiefgelaufen. Bei solchen Geschichten läuft immer etwas schief."

„Ich stelle mir das so vor", meinte Kerstin Weiß ruhig. „Es war eine Übergabe des Geldes im Zusammenhang mit dem Riesenrad geplant. Das würde erklären, warum Doktor Wurzer eine Stunde lang damit gefahren ist. Vielleicht sollte er die Tasche mit dem Geld auf ein bestimmtes Zeichen hin aus der Gondel werfen. So hätte es keinen direkten Kontakt zwischen ihm und dem Informanten gegeben."

„Oder dem Entführer", sagte Lothar. „Es kann auch sein, dass er es mit dem zu tun hatte, der Arabella nach zwanzig Jahren immer noch in seiner Gewalt hat. Und vielleicht kannte der Oberstaatsanwalt inzwischen seine Identität. Und musste deshalb sterben."

Alle schwiegen. Verwirrt, betroffen, zweifelnd, nachdenklich.

„Könnt ihr euch denn nicht auf dem Volksfest einmal umhören?", fragte Kerstin Weiß nach einer Weile. „Ob irgendjemand alte Geschichten kennt. Irgendwelche Gerüchte. Sich an Arabella erinnern kann. Mir ist klar, dass das nur ein Strohhalm ist, nach dem ich greife. Eine winzig kleine Chance, wahrscheinlich nicht einmal das. Ich kann mit dieser Idee bei der Sonderkommission nicht landen. Aber auch Hauptkommissar Bayer findet sie nicht ganz abwegig."

„Na gut, Miss Sherlock Holmes", sagte Lothar aufgeräumt, „dann spielen wir mal die Baker-Street-Boys."

„Du hast vielleicht Nerven", murrte Blacky.

„Habe ich nicht. Ich werde beispielsweise nicht Achterbahn fahren."

„Und ich darf nicht an die Sonne. Hat der Arzt gesagt."

„Dann setz doch ein Hütchen auf."

„Nie im Leben", sagte Blacky. „Nie im Leben."

19

Kriminalmeister Kilian Urban hatte sich mit Feuereifer auf die Aufgabe gestürzt, die ihm der Leiter der Mordkommission gegeben hatte. Er glich anhand der von Marion Werner und Kerstin Weiß angefertigten Listen noch einmal die Alibis aller Schlossbewohner ab. Er tat dies akribisch und verbissen. Dann ging er zu Kriminalhauptkommissar Bayer, der auf einer Bank vor dem Schloss in der Sonne saß.

„Man muss es nur lange genug vergleichen", sagte er. „Es ist ziemlich verschachtelt. Alle haben ein Alibi. Oder besser gesagt: Sie geben sich eines. Mit einer Ausnahme."

„Lassen Sie mich raten", sagte Wolfram Bayer. „Will Bernhard."

„Nein. Der war um halb zehn im Schloss. Bestätigt von den meisten anderen. Der Tod von Klaas Peimann ist definitiv erst später eingetreten. Nicht viel später, aber man muss ja auch noch die Metzgerarbeiten berücksichtigen. Der Einzige, der für die Zeit zwischen neun und zehn Uhr abends kein Alibi hat, ist Philipp Haien."

„Der Bühnentechniker?"

„Richtig. Er hat ausgesagt, mit seinem Assistenten zunächst in der Werkstatt gearbeitet zu haben. Dann sei er allein und zu Fuß ins Dorf gegangen und habe sich in einen Biergarten gesetzt. Gegen elf Uhr abends sei er angetrunken zurückgekommen. Das ist bisher nicht überprüft worden."

„Dann tun Sie das", sagte Wolfram Bayer. „Ich habe gestern mit ihm gesprochen. Ein scheuer Mann. Fischkopp. Einzelgänger. Er sagte, er habe Klaas Peimann gar nicht gekannt und nie ein Wort mit ihm gewechselt. Wahrscheinlich ist die Spur kalt, aber versuchen Sie dennoch, seine Einlassung zu überprüfen. Man weiß ja nie."

Kilian Urban machte sich auf den Weg, und Wolfram Bayer wartete gelassen auf seinen Fisch, den er an der Angel zu haben glaubte.

*

Er verabschiedete sich, indem er auf jeden der Tische klopfte, an dem seine Gäste saßen. Manche grinsten ihn an, manche hatten glasige Augen, mit denen sie nichts mehr erkannten. Keiner bedankte sich, aber alle strahlten das Schweinfurter Lebensmotto aus: Basst scho'.

Als Hartmut Grühn die Mitte des Zeltes erreicht hatte, sah er, wie der Bundestagsabgeordnete Eugen Grob sich anschickte, Einzug zu halten. Er war umgeben von den üblichen Vasallen, Parteifreunden und Speichelleckern, und er hatte ausnahmsweise sogar seine Frau mitgebracht. Sie trug natürlich ein Dirndl und lächelte an diesem Sommertag tapfer über ihre depressive Grundstimmung hinweg. Hartmut Grühn bog nach rechts ab und verließ das Festzelt durch einen der Seitenausgänge.

Er ging durch das gleißende Sonnenlicht zum Taxistand. Die Luft war zum Bersten schwül; ein Gewitter schien unausweichlich. Vielleicht würde es erst spät am Abend kommen und den Schaustellern diesen Volksfestsonntag nicht erneut verhageln.

Hartmut Grühn winkte ein Taxi heran und ließ sich zum

Kornmarkt fahren. Er stieg aus und machte sich auf den Weg, der ihm vor zwei Stunden noch als Weg in die Zukunft erschienen war. Er betrat das Haus und stieg die Treppen hinauf.

Die Wohnung hinter der hellblau gestrichenen Tür war leer.

*

Kerstin Weiß hatte die Frühstücksrunde verlassen und war in die Dienststelle gefahren.

„Und nun?“, fragte Sören.

„Ihr geht aufs Volksfest“, meinte Lothar.

„Blöde Idee“, nölte Blacky.

„Ich hätte nicht für möglich gehalten, dass du der Kombinationsgabe deiner Freundin so viel Skepsis entgegenbringst“, sagte Lothar maliziös.

„Sie ist neuerdings zerfressen von Ehrgeiz. War sie eigentlich schon immer. Aber seit sie bei der Mordkommission ist, läuft sie zur Hochform auf. Und bei der Geschichte hat sie sich verrannt. Wir werden doch nie im Leben etwas herausbekommen, was zwanzig Jahre her ist. Vielleicht hat ja auch Will Bernhard alias Korbinian Wurzer irgendwie mit der Sache zu tun. Er lebt sonst in Berlin und ist ausgerechnet jetzt in der Gegend, als sein Vater ermordet wird. Kristin sagte mir, dass er ihn abgrundtief gehasst hat.“

Lothar schüttelte entschieden den Kopf.

„Völlig unglaubhaft, dass er seinen Vater aus einem Heißluftballon heraus erschießt oder erschießen lässt. Das würde überhaupt keinen Sinn ergeben.“

„Heißluftballon?“ Ein Wort, zwei Stimmen. Blacky und Sören schauten Lothar völlig perplex an.

„Ja natürlich. Ist doch klar, oder? Da wird jemand sozusagen vom Himmel herunter erschossen, und wenig später stürzt unter ungeklärten Umständen ein Ballon ab. Da muss man doch nur eins und eins zusammenzählen."

„Genial", murmelte Sören.

„Ich habe eine ähnliche Idee schon einmal für einen Kriminalroman entwickelt. Bin damit aber nicht zu Rande gekommen. Wie so oft schlägt die Wirklichkeit wieder gnadenlos die Phantasie."

„Und wieso hast du Kerstin nichts von dieser Theorie erzählt?", fragte Blacky.

„Ach, erstens bin ich davon überzeugt, dass sie schon von selber auf diesen Gedanken gekommen ist. Und zweitens muss man es ja mit der Unterstützung der Polizei auch nicht übertreiben. Oder?"

Lothar lächelte Blacky und Sören vieldeutig an.

„Ja", meinte Sören, „in dem Zusammenhang möchte ich ganz unter uns auch noch etwas mitteilen. Ich bin nämlich auf ein höchst interessantes Detail gestoßen."

*

Während Kriminalhauptkommissar Bayer noch in der Sonne saß und wartete, bretterte Will Bernhard mit Ophelias Alfa Romeo auf der A7 Richtung Süden.

„Fahr du", hatte sie gesagt und ihm den Schlüssel zugeworfen. „Dann kann ich dich ständig ansehen."

Er spürte, dass sie ihn tatsächlich unentwegt beobachtete. Es machte ihn stolz, verlegen und gierig. Aber er zwang sich, nach vorne zu schauen und ihren Blick nicht zu erwidern.

„Mich darfst du nicht ansehen. Bis wir in Venedig sind, darfst du mich nicht ansehen. Ich möchte wissen, ob du das schaffst. Und du darfst auch nicht sprechen. Es ist alles gesagt."

War es das? Vielleicht. Nachdem sie sich beruhigt, das Badezimmer verlassen und mit ihm geschlafen hatte, war sie plötzlich sehr ernst geworden.

„Wir werden jetzt das tun, was Liebespaare in einer solchen Situation tun: Wir werden gemeinsam fliehen."

„Spinnst du? Wovor fliehen?"

„Die Polizei will mit dir sprechen. Der Kommissar scheint sehr unfreundlich gewesen zu sein."

„Na und? Ich habe nichts getan. Ich werde mit ihm reden, und fertig."

„Ja, aber das wäre unromantisch. Lass uns etwas Unvernünftiges tun. Alles ist doch nur ein Spiel. Die ganze Welt ist eine Bühne."

Sie versuchte ihn mit Shakespeare und seinen eigenen Waffen zu schlagen. Er widersetzte sich lange.

„Ich habe hier ein Engagement. Ich kann nicht einfach abhauen."

„Was ist dir wichtiger? Oberon, eine lächerliche Rolle, oder ich?"

„Diese Frage ist völlig unfair."

„Im Krieg und in der Liebe ist alles erlaubt ... sagte Churchill."

„Wie lange soll das gehen? Bis sie uns finden?"

„Ein paar Tage, vielleicht ein paar Wochen. Stell dir den Reiz vor. Wir spielen Katz und Maus."

„Und dann?"

„Wir sind unschuldig. Sie werden uns verhören und wieder laufenlassen. Was für ein Spaß."

„Und wovon sollen wir leben?"

„Das lass nur meine Sorge sein", hatte Ophelia gesagt.

Und wieder hatte er gezaudert. So wie Hamlet, der ewige Zauderer. Aber plötzlich war er überzeugt gewesen. War es nicht das, was er immer gewollt hatte? Frei sein? Verrückt? Jede Konvention mit Füßen treten? Hatte er nicht deshalb gegen seinen Vater rebelliert? War ihm Ophelia, die Rätselhafte, nicht stets als Zauberin erschienen, die ihn verwandeln konnte, wenn er sich selbst im Weg stand? Und war er nicht seit zwei Tagen ganz frei? Es gab keine Instanz mehr, vor der er sich tief im Innern immer noch rechtfertigen musste.

To be, or not to be …

Warum sollte er sich nicht vom Leben einfach verschlucken lassen? So wie das Leben einst seine Schwester verschluckt hatte.

„Lass uns fahren", hatte Will Bernhard gesagt.

Vor dem Biebelrieder Kreuz fragte er, ohne sie anzusehen: „Wer bezahlt eigentlich dein Leben? Venedig? Dieses Auto? Klaas war doch völlig pleite."

„Igor", sagte sie. „Du wirst ihn aber nicht kennenlernen."

*

Er öffnete die Schränke, die Schubläden. Alles ausgeräumt. Ihre Koffer, die sie unter dem Bett verstaute, waren nicht mehr da.

Hartmut Grühn setzte sich auf das Bett und sah ins Leere. Und jetzt? Sollte er gleich aufgeben und Carla Witocki aus seinem Leben und seiner Zukunft streichen? Oder sollte er versuchen, sie auf dem Handy zu erreichen? Wahrscheinlich war sie schon in Polen. Was konnte er ihr sagen? Was wollte er ihr versprechen?

Er ging in die kleine Küche hinüber. Auf der Anrichte stand, silbern eingerahmt, ein Bild. Carla und Marek. Marek, den er nur aus ihren Erzählungen kannte. Beide schauten sehr ernst.

Davor lag ein Zettel. Nur ein paar Worte in steiler Handschrift.

Bitte nicht anrufen mehr. Ich bin sehr traurig. Gute Wünschen. Carla

Hartmut Grühn nahm das Bild und schaute es lange an. Als er es einstecken wollte, sah er, dass auf der Rückseite ein kleines Passbild eingeklemmt war. Er holte es heraus. Ein recht finster blickender Mann mittleren Alters in Schwarz-Weiß.

Hartmut Grühn griff zum Handy und rief Fridolin Pfeuffer an.

*

„Tja“, sagte Sören Eckenstade, „es ist so: Ich habe gestern die Zeit genutzt, um mich etwas mit dem Leben von Klaas Peimann zu beschäftigen. Kein Wunder, dass ihn einer auseinandergehackt hat. Das muss ein richtiges Arschloch gewesen sein. Und wahrscheinlich völlig wahnsinnig. Eben so, wie man sich einen großen Künstler vorstellt. Er hat im Theater die wildesten Sachen gemacht, das Publikum provoziert auf Teufel komm raus und sich mit berühmten Stars angelegt. Man hat ihn den Zertrümmerer der deutschen Theaterlandschaft genannt.“

„So ist es“, sagte Lothar. „Er und seinesgleichen waren einer der Gründe, weshalb ich mich nach Irland zurückgezogen habe. Ich konnte diesen Quatsch auf der Bühne nicht mehr ertragen.“

„Wärst du halt ins Kino gegangen“, meinte Blacky. „Oder zu Hause geblieben. Fernsehen ist auch ganz schön.“

„Du warst, bist und bleibst ein Banause.“

„Das ist …“

„Hört mir zu“, unterbrach Sören den Disput. „Privat war sein Leben ebenfalls ein Chaos. Frauen. Männer. Alkohol. Kokain. Prügeleien. Mehrere Vorstrafen wegen Beamtenbeleidigung, Fahrens ohne Führerschein, fahrlässiger Körperverletzung, Unfallflucht. Bei den Salzburger Festspielen zur unerwünschten Person erklärt. Irgendwann der totale Abstieg. Versuchte sich in den letzten Jahren mit irgendwelchen Regiearbeiten an kleinen Theatern über Wasser zu halten.“

„Das weiß ich längst alles“, sagte Blacky. „Aus erster Hand.“

„Und weißt du auch, wo Klaas Peimann geboren wurde?“

„Ist das wichtig?“

„Eigentlich nicht. Aber interessant.“

„Warum?“

„Weil er auf Borkum geboren wurde.“

„Das ist doch eine Insel, oder?“

„Richtig“, sagte Sören. „Eine der ostfriesischen Inseln.“

„Und weshalb ist das interessant?“

„Weil ich als Ostfriese aus Wilhelmshaven noch nie gehört habe, dass auf Borkum ein Mensch geboren wurde, der außerhalb der Insel irgendwie berühmt geworden wäre. Auf Borkum gibt es eigentlich nur Sand, Schlick, Schnapsflaschen und Matjes. Und ziemlich viel Wind.“

„Das ist ja alles wirklich sehr aufschlussreich“, meinte Blacky. „Hilft es weiter?“

„Vielleicht schon. Denn Philipp, der Bühnentechniker des Fränkischen Theaters in Maßbach, kommt ebenfalls von

Borkum. Das hat er mir gesagt, als wir am Freitagabend fünf Klare miteinander getrunken haben."

„Ach, deshalb war dir dann schlecht."

„Deshalb nicht. Fünf Klare sind gerade mal was für den linken großen Zeh. Jedenfalls finde ich es interessant, dass in Schloss Maßbach zwei Männer gearbeitet haben, die etwas gemeinsam hatten und sich schon lange kannten."

„Wieso sollen sie sich gekannt haben?", fragte Blacky.

„Weil sie etwa gleichaltrig sind und weil jeder, der auf Borkum geboren wurde, jeden kennt, der auf Borkum geboren wurde. So ist das nun mal."

„Dann", sagte Blacky, „sollten wir uns vielleicht doch um Philipp kümmern."

„Wollten wir nicht aufs Volksfest?"

„Das kannst du machen." Blacky deutete mit dem Finger auf Lothar. „Du bist doch sowieso in Kerstins Idee verliebt."

„Vielleicht nicht nur in ihre Idee", erwiderte Lothar boshaft.

„Blödmann."

„Keine Angst, ich komm dir schon nicht ins Gehege. Ich muss nämlich zurück nach Irland."

„Wie bitte? Jetzt?"

„Allerdings. Übermorgen beginnt das große Sommergolfturnier von Ballyluffininish, und da werde ich natürlich dabei sein. Der Höhepunkt des Jahres."

„Und was wolltest du eigentlich in Schweinfurt? Großstadtluft schnuppern?"

„Mir Inspiration holen. Für meinen nächsten Schweinfurt-Krimi. Du weißt schon, den mit der Profilerin Linda Morata. Vielleicht gebe ich ihr ein bisschen was von Kerstin Weiß. Mal sehen."

„Den nächsten Krimi? Ich habe ja noch nicht einmal deinen ersten gelesen."

„Das geht vielen so in Schweinfurt", sagte Lothar bekümmert. „Sie lesen alles mögliche Zeug, aber meinen Krimi lassen sie links liegen. In Ballyluffininish liegt er in jeder Buchhandlung aus."

„Wie viele Buchhandlungen gibt es denn da?"

„Keine. Aber den Laden von Misses Molly. Da habe ich ein Exemplar hingelegt."

„Ja dann", sagte Blacky. „Wann sehen wir uns denn mal wieder?"

„Du wolltest mich in diesem Sommer doch in Irland besuchen. Schon vergessen?"

„Wann ist denn bei euch Sommer?"

„Fast jeden Tag. Manchmal sogar für eine ganze Stunde. Du kommst also zu jeder Zeit richtig."

*

Kriminalhauptkommissar Wolfram Bayer versuchte noch mehrere Male vergeblich, Will Bernhard auf dem Handy zu erreichen. Dann sagte er zu Kriminalmeister Kilian Urban, der inzwischen aus dem Dorf zurückgekehrt war: „Wir fahren nach Schweinfurt zurück. Dort lassen wir diesen Will Bernhard zur Fahndung ausschreiben."

„Ist das nicht ein bisschen voreilig?"

„Nein. Schon Kollegin Weiß hatte den Eindruck, dass er sie nach Strich und Faden belogen hat. Und jetzt hat er mich verarscht. Er ist abgehauen. Und wer abhaut … Aber das muss ich einem Genie wie Ihnen ja nicht erklären."

„Nicht jeder, der sich einem Zugriff entzieht, ist schuldig", sagte Kriminalmeister Kilian Urban wichtig. „Manchmal ist es eine reine Übersprungshandlung. Psychologisch gut zu verstehen."

„Blabla", erwiderte Wolfram Bayer. „Und was ist mit dem Alibi von diesem Bühnentechniker, diesem …"

„Philipp Haien. Schwammig, würde ich sagen. Kann sein, dass er im Biergarten unten im Dorf war, kann auch nicht sein. Er scheint sich dort und im Wirtshaus so oft aufzuhalten, dass ihm keiner wirklich Beachtung schenkt. Die Kellnerin meint aber, er könne Freitagabend da gewesen sein."

„Gut, dann laden wir ihn morgen auf die Dienststelle vor. Dort können wir ihm mit dem nötigen Nachdruck auf den Zahn fühlen. So scheu, wie er ist, wird das ziemlich Eindruck machen. Dabei werden wir dann sehen, ob sich irgendwelche Verdachtsmomente ergeben. Ich glaube es nicht. Wie ich schon gesagt habe: Täter und Opfer standen in einem sehr engen Verhältnis zueinander. Dass ein solches zwischen Peimann und Haien bestanden haben könnte, sehe ich nicht."

*

In seinem Büro hielt er Fridolin Pfeuffer das Passfoto hin.

„Ist er das?"

„Wer?"

„Der Mann, der mit Norbert Ballon gefahren ist", sagte Hartmut Grühn.

Fridolin Pfeuffer nahm das Foto und studierte es umständlich.

„Nein", sagte er schließlich.

„Bist du sicher?"

„Ja. Keine Ähnlichkeit. Der hier hat ein breites Gesicht.

Der Mann am Freitag hatte ein sehr schmales, scharfgeschnittenes Gesicht. Mit einer Art Hakennase. Außerdem war er älter. Nein, das ist er nicht."

„Willst du einen Schnaps?"

„Nicht bei der Hitze", sagte Fridolin Pfeuffer gegen jede Gewohnheit. „Ich geh noch mit 'n paar Kumpels aufs Volksfest. Freu mich schon auf 'ne kühle Maß."

Hartmut Grühn griff in die Tasche und zog einen Stapel bunter Bons heraus.

„Dann nimm die mit. Geht alles auf meine Kosten."

„Danke, Chef. Darf ich fragen, wer der Mann auf dem Bild da ist?"

„Anscheinend nicht der, für den ich ihn gehalten habe."

Als Fridolin Pfeuffer gegangen war, rief Hartmut Grühn seine Frau an.

„Hör zu, ich komm erst später heim. Ich geh noch runter."

Er verließ sein Büro und machte sich auf den Weg. Er ging über den Hof in den stillgelegten hinteren Teil des Betriebes. Die kleine Holztür ächzte in den Angeln, als er sie öffnete. Enge Stufen führten hinab in die uralten Kellergewölbe der Brauerei, die zum Teil noch aus dem Mittelalter stammten. Unten schloss er die graue Eisentür auf und betrat den langen, modrig riechenden Gang, der an einer weiteren Tür endete.

20

Die Pressekonferenz der Sonderkommission *Riesenrad* am Sonntagmittag um zwölf Uhr war von Anfang an aus dem Ruder gelaufen. Kurz vor eins brach sie Erster Kriminalhauptkommissar Götz Kaminski entnervt ab.

Grund dafür war der überraschende geballte Widerstand, den die unterfränkische Presse an den Tag legte. Kaminski war mit der Pose eines Siegers an seinem Tisch gesessen und hatte versucht, selbstgefällig etwas als Erfolg zu verkaufen, was auf tönernen Füßen stand. Präzise nahmen die Pressevertreter sein Konstrukt auseinander.

„Wie kommt es denn", fragte der Vertreter der alteingesessenen Schweinfurter Tageszeitung, Michel Hilfreich, „dass Sie innerhalb so kurzer Zeit glauben, einen Täter ermittelt zu haben? Da muss es doch Hinweise gegeben haben, oder?"

„Professionelle Polizeiarbeit", sagte Götz Kaminski. „Zu möglichen Hinweisen kann ich leider nichts sagen."

„Wurden bei dem Festgenommenen irgendwelche Beweise gefunden? Die Tatwaffe vielleicht? Hinweise auf Planung und Durchführung der Tat?"

„Dazu kann ich nichts sagen."

„Man fragt sich doch", sagte die Reporterin des Bayerischen Rundfunks und fuchtelte mit ihrem Mikrofon, „ob Ihr Vorgehen nicht einfach ein blinder Schnellschuss mit einer Schrotflinte ist."

„Wie meinen Sie das?“

„Hauptsache, ein Verdächtiger, oder? Wie heißt es in dem Film ‚Casablanca‘ so schön? Verhaften wir die üblichen Verdächtigen.“

Kaminski schüttelte gespielt beleidigt den Kopf.

„Den Film kenne ich nicht. So würden wir nie vorgehen.“

Blacky und Sören saßen in der letzten Reihe und hatten abgemacht, sich völlig bedeckt zu halten. Wie alle anderen wussten sie, was Götz Kaminski nicht wusste: Dieser Pressekonferenz der Sonderkommission war ein anderes Pressegespräch vorausgegangen. Rechtsanwalt Okan Demir, Bruder des in Untersuchungshaft sitzenden Murat Demir, hatte am späten Vormittag in einer vertraulichen Runde Informationen weitergegeben, die ein grelles Licht des Zweifels auf die Statements des Würzburger Kriminalbeamten warfen.

„Wie steht es denn mit dem Motiv des Tatverdächtigen?“, fragte Michel Hilfreich.

„Vermutlich ein politischer Hintergrund. Es könnte um Erkenntnisse gehen, die Oberstaatsanwalt Doktor Wurzer über Interna der türkischen Szene hatte.“

„Das ist doch alles nicht bewiesen, oder?“

„Kein Kommentar.“

Den letzten Pfeil schoss Patricia, die Chefin vom Dienst von Main-Radio Schweinfurt, ab.

„Dem Vernehmen nach soll Herr Demir ein Alibi haben.“

„Ach ja?“

„Haben Sie das überprüft?“

„Natürlich. Wofür halten Sie uns?“

„Das Alibi soll völlig wasserdicht sein.“

Kriminalhauptkommissar Götz Kaminski kam gehörig ins Schwimmen.

„Völlig wasserdichte Alibis sind immer so eine Sache. Meistens findet sich dann doch ein Riss."

„Haben Sie den schon gefunden?"

„Wir suchen danach."

„Warum sitzt Herr Demir dann in Untersuchungshaft? Aufgrund dieses Alibis, das nicht widerlegt ist, kann er die Tat überhaupt nicht begangen haben."

„Das müssen Sie den Haftrichter fragen. Ich habe die Untersuchungshaft nicht angeordnet."

„Er hat das aufgrund Ihrer Ermittlungsergebnisse veranlasst. Sie haben die Erklärung von Herrn Demir, was sein Alibi betrifft, von Anfang an als nicht stichhaltig abgetan."

An dieser Stelle hatte Götz Kaminski die Nerven verloren.

„Was maßen Sie sich denn an, junge Dame? Wer sind Sie überhaupt? Eines dieser Pressemädels, die von Tuten und Blasen keine Ahnung haben. Wir hier in Bayern machen ehrliche Polizeiarbeit."

„Natürlich", sagte Patricia mit einem Sarkasmus, den Blacky von ihr gar nicht kannte. „Deshalb gibt es hier in Bayern auch keine Polizei- und Justizskandale. Nicht wahr? Keine schlampigen Ermittlungen, keine Fehlurteile, keine merkwürdigen Einweisungen in die Psychiatrie."

„Halten Sie den Mund!", fauchte Kaminski.

„Wie soll denn", fragte Patricia seelenruhig, „Murat Demir am Freitagabend in Schweinfurt einen Oberstaatsanwalt erschossen haben, wenn er nachweislich in Istanbul war? Bei einer Preisverleihung, wo eine seiner Fotodokumentationen ausgezeichnet wurde. Einer Preisverleihung, die im türkischen Fernsehen gezeigt wurde. Und Murat Demir ist auf diesen Bildern zu sehen."

„Wir prüfen das", sagte Erster Kriminalhauptkommissar Götz Kaminski. „Ende der Veranstaltung."

Um vierzehn Uhr wurde der Fotograf Murat Demir auf richterliche Anordnung hin aus der Untersuchungshaft entlassen.

*

Blacky hörte die Nachricht im Radio auf der Fahrt nach Maßbach. Eigentlich schade, dachte er, den Kerl hätten sie ruhig noch eine Weile aus dem Verkehr ziehen können. Murat Demir, der gutaussehende, maskuline Fotograf mit seinen blöden Aktaufnahmen. Aufnahmen, die Frauen wie Kerstin Weiß anscheinend ästhetisch fanden. So ästhetisch, das sie den Typen auch interessant fanden. Murat Demir, seit Monaten ein Stachel in seinem Fleisch, eine unberechenbare Konstante. Murat Demir, der ihm in einem Anfall von Eifersucht die Unterlippe blutig geschlagen hatte. Mit dem er deshalb eigentlich noch eine Rechnung offen hatte. Aber sie würde offen bleiben. Früher, in seinen wilden Zeiten, hätte er darauf gedrungen, das sie beglichen worden wäre. Doch diese wilden Zeiten waren vorbei, und das war auch gut so.

Er hatte Kerstin Weiß nie darauf angesprochen. Und sie hatte nie eine Bemerkung darüber verloren. Eine Art stilles Agreement. Ab einem gewissen Alter war es besser, die Lebensgeschichten und Eskapaden des anderen einfach hinzunehmen. Ändern konnte man sowieso nichts. Eine Frau wie Kerstin ging ihren Weg. Sie machte dabei auch ihre Umwege. Entweder kreuzten sich im Leben diese Wege wieder, oder sie gingen immer weiter auseinander. Damit musste man sich abfinden.

Trotz des Traumwetters hatte er das Verdeck der Fiat Barchetta geschlossen, um sich vor der Sonne zu schützen. Sein Kopf schmerzte, unter dem Pflaster pochte die Wunde. Eigentlich hätte er daheim auf dem Sofa liegen sollen, aber Sören war nicht zu bremsen gewesen.

„Am besten fährst du gleich nach Maßbach und fühlst diesem Philipp auf den Zahn", hatte er nach der Pressekonferenz gesagt. „Ich bummele inzwischen schon mal übers Volksfest, und später treffen wir uns dort."

„Wieso ich? Wäre es nicht besser, du machst diese Zahnuntersuchung auf der Ebene von Fischkopf zu Fischkopf?"

„Eben nicht. Wir haben uns schon ausgetauscht … auf Plattdütsch. Wir haben eine Weile geschnackt, und damit ist alles gesagt. Mehr reden wir Ostfriesen nicht miteinander. Wenn ich jetzt wieder ankäme, würde er sofort misstrauisch werden."

„Komisch. Du bist doch eine echte Quasselstrippe."

„Ja, aber nur in Schweinfurt. Weil ihr so redselig seid. Im Norden sprechen wir aufs Jahr gesehen keine zehn Sätze miteinander. Mit meinem Vater habe ich manchmal drei Monate kein Wort gewechselt. Verstanden haben wir uns trotzdem prächtig. Jetzt ist er tot, und wir verstehen uns deshalb immer noch."

„Hast du eigentlich Geschwister?", hatte Blacky gefragt.

„Ja, einen älteren Bruder. Aber der redet nur, wenn er mindestens drei Klare getrunken hat."

„Insgesamt vielleicht nicht die übelste Weise, durchs Leben zu gehen. Das reduziert Missverständnisse und spart unnötige Diskussionen."

„Hast du eine Ahnung. Das mit dem richtigen Schweigen muss man können. Es gibt nämlich ganz viele Arten davon. Man wird leicht missverstanden, und diskutiert wird eigentlich ständig. Nur eben stumm."

Blacky hatte sich mit diesem Einblick in ostfriesische Alltagskultur zufriedengegeben und auf den Weg nach Maßbach gemacht. Er hatte nicht die geringste Idee, wie er unter solchen Voraussetzungen an den richtigen Zahn des Mannes von der Insel Borkum herankommen sollte.

*

Er hatte alle Lichter angeknipst und die nötigen Vorbereitungen getroffen. Damit ließ er sich immer Zeit. Hier unten spielte Zeit sowieso keine Rolle. Manchmal vergingen Stunden, ohne das er es überhaupt bemerkte. Zunächst weidete er sich lange an dem Anblick. Es hatte vieler Mühe bedurft, diese Perfektion zu erreichen. Und es hatte Geld gekostet. Alles in allem eine stattliche Summe. Aber das war es ihm stets wert gewesen. Das Ergebnis konnte sich sehen lassen. Eine ausgeklügelte Anlage. Wie geschaffen für seinen Spieltrieb. Er ließ seine Finger liebevoll über die kleinen Wunderwerke gleiten. Sie waren bis ins kleinste Detail maßstabsgetreu. Es war die pure Freude, sie anzufassen, zu berühren, zu betasten.

Dann schaltete Hartmut Grühn den Strom ein. Systematisch würde er nun alles in Gang setzen. Er folgte dabei nicht immer dem gleichen Schema. Es gab viele Variationsmöglichkeiten. Das war das Schöne an diesem Spiel. Nach und nach würde sich ein Szenario aufbauen, das seine ganze Aufmerksamkeit in Anspruch nahm. Er konnte sich endlos darin vertiefen.

Zuvor versank er in Erinnerungen. Es waren immer dieselben Bilder. Oft überwältigten sie ihn ganz. Er konnte sich dann nur von ihnen befreien, wenn er sie fast gewaltsam aus seinem Kopf verdrängte. Ja, er war besessen, seine Frau hatte recht. Doch sie war nie mit hier unten gewesen. Vielleicht hatte sie noch nicht einmal eine wirkliche Vorstellung von dem, was er hier tat.

Für ihn war es Teil seines Lebens geworden. Ersatz für das, was er verloren hatte.

*

Die Fahndung nach Will Bernhard brachte im Lauf des Nachmittags ein erstes Ergebnis, das aber nicht weiterführte. Eine Streife der Bad Kissinger Polizei entdeckte auf einem Parkplatz in der Innenstadt den alten Peugeot des Schauspielers. Kriminalhauptkommissar Bayer ordnete an, den Wagen zu observieren, obwohl er sich davon keinen Erfolg erhoffte.

„Der Vogel ist ausgeflogen", sagte er zu Oberkommissarin Kerstin Weiß. Er saß mit ihr demonstrativ in der Kantine der Polizeiinspektion, um zu zeigen, dass er von sich aus das Kontaktverbot aufgehoben hatte. „Und ich wette, er war's. Er hat Klaas Peimann umgebracht."

„Das Motiv?"

„Ach Gott, eine Weibergeschichte. Was denn sonst? Eigentlich scheint ja keine Verbindung zwischen den beiden bestanden zu haben. Laut Frau Saams haben sie sich erst in Maßbach kennengelernt und nie zuvor zusammengearbeitet. Differenzen während der Proben im Fränkischen Theater hat es wohl keine gegeben. Will Bernhard soll auch nicht schwul sein. Keine Anzeichen, dass er etwas mit Peimanns

Vorlieben in eine der beiden Richtungen zu tun hatte. Also: Cherchez la femme. Irgendeine heftige Dreiecksliaison. Würde die brutale Tat durchaus erklären. Vielleicht hat der alte Schwerenöter Peimann dem jungen Mann eine Frau ausgespannt. Rache ist bekanntlich Blutwurst. Passt hier wie die Faust aufs Auge."

„Ich weiß nicht", erwiderte Kerstin Weiß. „Das klingt so einfach."

„Die meisten unserer Fälle sind einfach", sagte Wolfram Bayer. „Wir wollen es nur oft nicht wahrhaben."

„Und zum Tod seines Vaters siehst du keinen Zusammenhang?"

„Nein. Er hat sicher nicht aus einem Heißluftballon heraus den Oberstaatsanwalt erschossen. Und ein Auftragsmord? Quatsch!"

„Du versteifst dich sehr auf diesen Heißluftballon, Wolfram. Das ist noch nicht erwiesen."

„Ich verwette meinen Arsch, das das ballistische Gutachten morgen – wenn es denn kommt – deutliche Hinweise darauf bringen wird. Schuss aus erheblicher Entfernung mit einem Präzisionsgewehr. Eintritt des Projektils in einem Winkel, der sich nur mit luftiger Höhe erklären lässt. Ein Hubschrauber oder ein Flugzeug kommen ja nicht in Frage. Es gab keine entsprechenden Bewegungen im Luftraum über Schweinfurt in der fraglichen Zeit. Dann die Explosion des Ballons und das Verschwinden eines Mannes – des Täters! Er hat sich zuvor des Mitwissers entledigt und Norbert Hagmeyer aus dem Korb geschmissen. Die Sache ist für mich völlig klar."

„Du übersiehst einen Punkt völlig", sagte Kerstin Weiß. „Wie ist er dann selber aus dem Korb gekommen? Die Explosion erfolgte in beträchtlicher Höhe. Der Ballon ist davor nicht gelandet. Ich habe mir eigens die Berichte angeschaut. Und der Mann ist definitiv bei der Explosion nicht ums Leben gekommen. Er ist spurlos verschwunden."

„Was weiß ich? Gut, mit dem Fallschirm wird er nicht abgesprungen sein. Vielleicht ist er runtergeklettert?"

„Na klar, wir haben es mit einem Affen zu tun. Wie in der berühmten Erzählung ‚Der Mord in der Rue Morgue' von Edgar Allan Poe. Eine der ersten Kriminalgeschichten übrigens."

„Kenne ich nicht", brummte Wolfram Bayer. „Ich lese keine Krimis."

„Solltest du aber. Erweitert die Phantasie."

„Bisher stocherst du mit deiner Phantasie aber auch ganz schön im Nebel herum, wenn ich das mal sagen darf."

„Ich weiß", erwiderte Kerstin Weiß kleinlaut. „Wir drehn uns im Kreis. Kaminski hat die Islamisten jetzt ad acta gelegt und die Russenmafia ins Visier genommen. Du wirst sehen, morgen lässt er irgendeinen Igor oder Wladimir verhaften."

„Vielleicht ist er damit doch näher an der Wahrheit als du mit deinen Familiengeschichten."

„Wir werden sehen. Ich habe jetzt mal meine Jungs losgeschickt. Vielleicht schnappen die auf dem Volksfest ja was auf."

„Was hast du getan?"

„Wenn du keine Krimis liest, kennst du natürlich auch die Baker-Street-Boys nicht. Wie zitierte Lothar, Schweinfurts nettester Kriminalschriftsteller, so schön? Einer von diesen kleinen Bettlern kann bessere Arbeit leisten als ein Dutzend Polizisten … Es stimmt ja: Wenn wir auf dem

Volksfest unter den Schaustellern ermitteln, stoßen wir auf eine Mauer des Schweigens. Blacky und Sören dagegen …"

Kriminalhauptkommissar Wolfram Bayer, Leiter der Schweinfurter Mordkommission, sah seine Kollegin Kerstin Weiß an, als hätte sie den Verstand verloren.

„Was erzählst du mir da soeben für eine Scheiße? Willst du mir vielleicht sagen, du beschäftigst diese beiden Radiofuzzis undercover oder so?"

„Na ja, das ist jetzt ein bisschen übertrieben ausgedrückt … aber so in der Richtung … Warum nicht?"

„Ich glaub, mich tritt ein Pferd", schnaubte Wolfram Bayer. „So habe ich das mit Blacky und unserem neuen Verhältnis natürlich nicht gemeint. Musst du im Leben eigentlich immer alles übertreiben, Kerstin?"

„Vielleicht", sagte Kerstin Weiß. „Vielleicht."

21

Das Schweinfurter Volksfest kochte fast über.

Die Hitze war zu einer dunstigen Schwüle geworden, der Andrang der Besucher so groß, das allein durch die Reibung der Menschenmassen aneinander eine Spannung entstand, die alle nervös machte. Eine Wolke aus Schweiß, Bierdunst, dem Qualm gebrannter Mandeln, verkohlter Bratwürste, gegrillter Fische und dem Gestank von rohen Zwiebeln waberte über dem Platz. Die Schausteller überschrien sich mit heiseren Stimmen gegenseitig. Die Achterbahn ächzte, das Kettenkarussell quietschte, die Kindereisenbahn wummerte leise vor sich hin. Latent lag die Lust zu Streit und Gewalt in der Luft.

Am schlimmsten war es bei den Autoscootern: Imponiergehabe, Alkohol und Aggression provozierten eine explosive Mischung. Überdrehte Jugendliche, angetrunkene Familienväter, muskulöse GIs und kreischende Mädchen lieferten sich in brutaler Verbissenheit einen sinnlosen Kampf, der immer wieder in einem einzigen gewaltigen Crash mündete, wo sich alle heillos verknäulten. Fränkische, russische, englische und türkische Schimpfworte flogen durcheinander, glasige Augen stierten sich feindselig an. Die deutschen und amerikanischen Polizeistreifen patroullierten alarmiert durch die Längs- und Quergassen. Im großen Festzelt geriet die Blaskapelle immer öfter aus dem Takt. Der aus vollen Kehlen gebrüllte Choral *Ein Prosit der Gemütlichkeit* klang von Mal zu Mal trauriger und sinnloser.

Sören Eckenstade quälte sich schwitzend durch das Volk, das sein alljährliches Fest feierte, und verwünschte Kerstin Weiß' Idee. Nach zwei Stunden begriff er endgültig, dass er keinen Erfolg haben würde.

Er hatte versucht, systematisch vorzugehen. Eine erste Runde, prüfende Blicke in die Gesichter der Schausteller. Er machte sich eine Liste derer, die schon älter waren. Auf der zweiten Runde probierte er, an sie heranzukommen.

„Ich bin von der Presse. Kleine Umfrage unter den Schaustellern. Wie lange kommen Sie schon nach Schweinfurt?"

Meistens halbwegs bereitwillige Auskunft. Manche kamen seit dreißig oder vierzig Jahren aufs Schweinfurter Volksfest.

Bei ihnen dann der Versuch, einen etwas vertraulicheren Kontakt herzustellen.

„Hat sich im Lauf der vielen Jahre etwas verändert? War es früher besser? Oder umgekehrt?"

Hier fielen die Antworten unterschiedlich aus, je nach Temperament. Die Männer gaben sich oft wortkarg, manche der Frauen durchaus geschwätzig. Früher war natürlich alles besser gewesen, aber die Zeiten änderten sich immer wieder.

Schließlich die Frage nach Anekdoten. Sie lief immer ins Leere.

„Können Sie sich an irgendeine Geschichte erinnern, die hier auf dem Schweinfurter Volksfest passiert ist? Etwas Lustiges oder etwas Trauriges?"

„Ach du liebe Zeit. Keine Ahnung. Wir sind doch ständig woanders. Das kann man doch alles gar nicht mehr auseinanderhalten. Natürlich sind im Lauf der Zeit viele Dinge passiert. Aber hier in Schweinfurt? Da kann ich mich an nichts erinnern."

Dann die heikle Frage, möglichst beiläufig gestellt.

„Vor über zwanzig Jahren soll während des Schweinfurter Volksfestes ein Mädchen verschwunden sein. Haben Sie damals davon gehört?"

Jedes Mal ging sofort der Rolladen herunter. Feindselige Blicke. Kopfschütteln. Einige wandten sich brüsk ab. Von einer sehr alten Frau mit wasserstoffblonden Haaren und grell geschminkten Lippen kam die Antwort: „Wir lassen uns nicht aushorchen. Hier erfahren Sie nichts."

Das wurde Sören immer klarer. Dennoch hatte er nach zwei Stunden eine Erkenntnis gewonnen: Alle wussten etwas. Aber keiner würde etwas sagen.

*

„Hier geht's ja zu wie im sprichwörtlichen Taubenschlag", sagte Hanne Saams kratzbürstig. Sie trug noch immer den rosa Morgenmantel. Der Mops pflichtete ihr bellend bei. „Sie schon wieder. Kaum ist die Staatsmacht weg, kommt die Presse."

Blacky war zuerst ums Schloss geschlichen. Aber in der lähmenden Hitze war niemand zu sehen gewesen. Schließlich hatte er geklingelt.

„Ich wollte Kristin sprechen. Ist sie da?"

„Ach, sprechen? Netter Euphemismus. Nein, ich glaube, sie ist nicht da. Sie aalt sich sehr wahrscheinlich am Ellertshäuser See in der Sonne."

„Eine Frage noch", sagte Blacky, als sie schon im Begriff war, die Tür wieder zu schließen, „wie lange ist eigentlich Philipp Haien schon bei Ihnen beschäftigt?"

„Warum wollen Sie das denn wissen?" Misstrauen stand ihr ins Gesicht geschrieben.

„Nur so", sagte er.

„Nur so? Was ist das für ein Quatsch? Nur so … gibt es überhaupt nie. Und aus dem Mund eines sogenannten Pressevertreters schon gar nicht. Ob der Grund, warum Sie das fragen, triftig ist, weiß ich nicht. Aber einen Grund haben Sie!"

„Okay", sagte Blacky. „Eins zu null für Sie. Es ist … weil er der Einzige ist, der so überhaupt nicht im Fokus steht. Ich habe nachgedacht, und mir ist aufgefallen, dass er der einzig Unverdächtige ist. Und da …"

„Der Mörder ist immer der Gärtner, nicht wahr?" Hanne Saams klang plötzlich sehr giftig. „Wissen Sie, was ich bemerkenswert finde? Dass Sie offensichtlich versuchen, die Arbeit der Polizei zu machen. Was sind Sie? Eine Mischung zwischen rasendem Reporter und Privatschnüffler? Eine Art verhinderter Sam Spade? Oder gar Philip Marlowe? Der Sherlock Holmes von Schweinfurt? Alles Rollen, die Sie niemals ausfüllen könnten. Und was ich noch bemerkenswerter finde: Wenn ich mir Ihren Satz von eben auf der Zunge zergehen lasse, dann bin ich ja offensichtlich auch eine Verdächtige … in Ihren Augen … und das muss ich mir nicht bieten lassen!"

Mit einer theatralischen Geste schlug sie die Tür zu. Hamlet, der Mops, jaulte vor Schreck.

*

Fridolin Pfeuffer verließ das Festzelt mit rotem Gesicht, aber festen Schritten. Wer so lange in einer Brauerei arbeitete wie er, den warfen ein paar Maß Bier nicht um. Nur die Hitze machte ihm zu schaffen. Seine Kumpels wollten bis zum Abend bleiben, doch er hatte genug. Der Schock vom Freitagabend war noch nicht abgeebbt, er spürte das nahende Gewitter in den Knochen, die Schwüle ließ ihn schwer atmen. Er würde heimgehen, die Fenster öffnen, sich aufs Sofa legen, auf den ersten Donner und den Regen warten. Später würde er Tatort schauen. Wie immer würde er nicht erfahren, wer der Mörder war. Denn lange vor Schluss würde er schon eingeschlafen sein und laut schnarchen.

Er ließ sich vom Sog der Menge mitziehen, ohne nach links und rechts zu schauen. Der Budenzauber interessierte ihn schon lange nicht mehr. Das Leben hatte ihm keine Familie geschenkt, er war immer allein gewesen, deshalb schottete er sich gegen den Trubel ab, um die Einsamkeit nicht zu spüren. Er hatte sich nie ganz an sie gewöhnt. Manchmal fiel sie noch über ihn her wie ein plötzliches Fieber.

Da lief ihm unvermittelt ein kleines Kind vor die Füße, das ihn zum Stolpern brachte. Fridolin Pfeuffer fluchte kurz, suchte das Gleichgewicht, blieb stehen und tätschelte dem heulenden Kind beruhigend den Kopf. Eine überforderte Mutter blökte das Kind an und entschuldigte sich bei ihm. Er nickte und wollte weitergehen. Da sah er ihn. Den Mann, der in diesem Moment neben dem Kassenhäuschen des *Grauenhaft gruseligen Curiositäten-Cabinetts* aufgetaucht war. Den Mann, den er schon einmal gesehen hatte. Der dann wie vom Erdboden verschwunden war. Ihre Blicke kreuzten sich. Und Fridolin Pfeuffer wusste, dass der Mann auch ihn erkannt hatte.

Er versuchte seine Schritte zu beschleunigen. Gleichzeitig zog er das Handy aus der Brusttasche des Hemdes. Er drehte sich nicht um. Kurz vor dem Ausgang zur Florian-Geyer-Straße wurde die Menschenmenge dünner. Fridolin Pfeuffer fand endlich die Nummer, die er suchte. Das Freizeichen kam ihm ewig lang vor. Schließlich meldete sich die Mobilbox.

„Hallo, Chef", stammelte er. Eine Mobilbox machte ihn immer unsicher. „Ich hab ihn gesehen. Bei der Geisterbahn …"

Fridolin Pfeuffer erfuhr nicht, wer sein Mörder war, weil ihn das Messer von hinten traf.

22

Hartmut Grühn fuhr sorgfältig alles auf null zurück, schaltete den Strom ab und löschte das Licht. Er verschloss die Eisentür und ging durch den langen Gang und über die steile Treppe nach oben. In den alten Gewölben herrschte das ganze Jahr über eine gleichbleibende Temperatur, draußen traf ihn die Hitze wie ein Keulenschlag. Er spürte, dass sich die aufgeladene Atmosphäre mit seiner nervösen Erregung verband, die ihn seit Stunden nicht mehr losließ. Jetzt, da sie für ihn nicht mehr erreichbar war, wusste er, was Carla ihm wirklich bedeutet hatte. Er musste diese Erregung mit einem Whisky dämpfen und ging über den Hof zum Hauptgebäude hinüber.

Unten in den Kelleranlagen gab es keinen Handyempfang; nun erhielt er die Nachricht, dass sich auf der Mobilbox ein neuer Anruf befand. Er rief im Gehen die Nummer auf.

Erst viele schrille, laute Töne. Sie schienen vom Volksfest zu stammen. Dann ein Räuspern und die unsichere Stimme von Fridolin Pfeuffer. Sie hörte sich merkwürdig aufgeregt an.

Hallo, Chef … Ich hab ihn gesehen … Bei der Geisterbahn …

Die Stimme brach ab. Ein undefinierbares dumpfes Geräusch. Dann wieder nur die Töne vom Volksfest. Sie waren noch lange zu hören, bis sich die Mobilbox abschaltete.

Hartmut Grühn rannte über den Hof zurück, öffnete das große Tor und stürmte die Obere Straße zum Marktplatz hinunter. Er zwängte sich in das erste Taxi, das dort stand, und keuchte: „Zum Volksfestplatz! Aber ganz schnell!"

*

Blacky brauchte nicht lange zu suchen. Der rote Bikini leuchtete ihm schon von weitem entgegen. Ein Problem allerdings gab es: Kristin war nicht allein.

Neben ihr lag auf einem blauen Handtuch ein älterer Mann. Schmächtig, bleiche Haut, hageres Gesicht, schütteres, angegrautes Haar. Er hatte den Kopf in eine Hand gestützt und schien den Blick nicht von der Schauspielerin wenden zu können. Kristin saß auf ihrer Decke und blätterte in einer Zeitschrift. Als sie Blacky sah, hellte sich ihr Gesicht auf.

„Hey, Überraschung. Was machst du denn hier? Und was ist mit deinem Kopf passiert?"

Blacky verbuchte innerlich mindestens einen Pluspunkt.

„Deine Chefin hat mir gesagt, du seist hier. Und da habe ich mir gedacht, vielleicht hast du Lust, mit mir ein Eis zu essen. Badehose habe ich leider schon wieder keine dabei."

Kristin ließ ihr helles Lachen hören.

„Dich schickt der Himmel. Ich will ein Rieseneis. Aber was hast du mit deinem Kopf gemacht?"

„Erzähl ich dir gleich", sagte Blacky und streifte mit einem Seitenblick den schmächtigen Mann auf dem Handtuch. Er spürte, wie er ebenfalls gemustert wurde.

„Dann lass uns losziehen."

Kristin sprang auf, nahm Blacky zu seiner Verblüffung bei der Hand und zog ihn mit sich fort. Der Eisstand befand sich am Rand der Badewiese unter einem großen Sonnenschirm. Eine erste Windbö kam über den See und rüttelte am Schirm.

„In zwei Stunden gibt's ein heftiges Gewitter", sagte er.

„Na toll. Da ist die Abendvorstellung schon wieder in Gefahr. Es ist doch jedes Wochenende das Gleiche. Freilichttheater ist eine so wacklige Sache."

Er fand sie sehr entzückend. Heute schien sie nicht anstrengend zu sein.

„Und?", fragte sie. „Dein Kopf?"

Er erzählte ihr das meiste und ließ Kerstin Weiß dabei weg. In dieser Version hatte er im Auto auf seinen Freund Lothar gewartet.

„Oh", sagte Kristin nur. Sie wirkte nachdenklich. Er bemerkte, wie sie zu dem Mann auf dem Handtuch hinüberblickte.

„Wer ist der Typ eigentlich?", fragte Blacky. „Ich meine, es geht mich nichts an, aber …"

„Ein Problemfall", antwortete sie zögernd. „Unser Bühnentechniker. Philipp."

„Problemfall?"

„Na ja, er ist nicht ganz richtig im Kopf. Also nicht irgendwie behindert … sondern auf 'ne komische Art gestört. Eigentlich ist er sogar ziemlich intelligent. Einerseits schüchtern und scheu. Andererseits … aufdringlich. Er ist hinter jungen Frauen her. Seit ich in Maßbach bin, habe ich ihn auf der Pelle."

„Und warum lässt du es zu, dass er neben dir auf der Wiese liegt?"

„Er ist vorhin einfach angeschlichen gekommen. Irgendwie tut er mir auch leid. Er macht ja nichts … also er baggert mich nicht an oder so. Er treibt sich in meiner Nähe rum und glotzt ein bisschen. Letztendlich ist er eine arme Sau."

„Na", sagte Blacky. „Ich weiß nicht ... Ist er schon lange in Maßbach?"

„Keine Ahnung. Ich glaub schon. Es werden halt Witzchen über ihn gemacht. Alle jungen Schauspielerinnen, die dort gespielt haben, kennen Philipp Haien aus leidvoller Erfahrung."

„Hatte er etwas mit Klaas Peimann zu tun?"

Kristin sah ihn belustigt an.

„Schon wieder auf der Suche nach einer Story? Nein, natürlich nicht. Peimann lebte in seiner eigenen Welt. Er nahm solche Menschen wie Philipp nicht einmal wahr. Sie waren für ihn ... Kretins."

„Er war schon auch ein arrogantes Arschloch, oder?"

„Ja", sagte Kristin. „Und ein Gott."

Blackys Handy klingelte in das Wort *Gott* hinein.

„Ich geh mal kurz ran", sagte er. „Ein Kollege."

Sören Eckenstades Stimme hörte sich aufgeregt an.

„Du solltest schnell nach Schweinfurt kommen", sagte er. „Auf dem Volksfest ist schon wieder ein Mord geschehen."

*

Gerade, als er beschlossen hatte, sich ein Matjesbrötchen und eine Cola zu genehmigen, war Sören in dem Menschenauflauf steckengeblieben, der sich in der Nähe des Ausgangs zur Florian-Geyer-Straße gebildet hatte. Er begriff sofort, das die erschrockenen Gesichter und aufgeregten Stimmen etwas zu bedeuten hatten.

„Presse!", rief er und wühlte sich rücksichtslos nach vorn. Auf dem dunklen Asphalt lag ein Mann in einer großen

Blutlache. Sören nahm das Handy und schoss die ersten Aufnahmen. Zwei Polizeibeamte stürzten herbei. Ein Rettungssanitäter folgte. Er kniete neben dem Mann nieder und schüttelte gleich den Kopf.

„Der ist schon tot", sagte er. „Da kann auch der Notarzt nichts mehr machen."

Die Polizeibeamten versuchten die Sensationsgier der Menschenmenge in Schach zu halten. Vergeblich. Sogar Familien mit Kindern drängten sich so nahe wie möglich an den toten Mann heran. Nervöse Finger griffen automatisch in Popcorntüten und steckten in den Mund, was hineinging. Der Notarzt kam angerannt. Er untersuchte den Mann gründlich.

„Keine Chance", sagte er zu den Polizisten. „Den hat einer abgestochen wie ein Schwein."

Ein erregtes Raunen ging durch die Menge. Der Notarzt bemerkte seine Flapsigkeit und bekam rote Flecken im Gesicht.

„Sie sollten die Leute wegschicken", sagte er wie zur Entschuldigung.

„Wir haben Verstärkung angefordert", antwortete einer der Polizeibeamten.

Zwei Streifenwagen rauschten heran. Ein kräftiger Polizeihauptwachtmeister schaltete den Lautsprecher auf dem Dach an und nahm das Mikrofon.

„Sie behindern die Arbeit der Polizei und der Rettungskräfte", donnerte er. „Zerstreuen Sie sich sofort. Hier gibt es nichts zu sehen."

Die Menschenmenge war anderer Meinung. Sie wich ein paar Schritte zurück und blieb wieder stehen. Die Polizeibeamten waren ratlos. Dann stürzten sie sich auf Sören.

„Sie haben hier nichts zu fotografieren", fuhren sie ihn an. „Machen Sie, dass Sie von hier wegkommen."

Sören langte in die Hosentasche und zog seinen Presseausweis heraus. Die Beamten nickten und ließen ihn gewähren. Er machte noch einige Aufnahmen, dann rief er Blacky an.

*

Als das Taxi in der Niederwerrner Straße von mehreren Polizeifahrzeugen mit Martinshorn und Blaulicht überholt wurde, wusste Hartmut Grühn, das er zu spät kommen würde. Der Taxifahrer fragte über Funk ein paar Informationen von Kollegen ab, dann sagte er: „Beim Eingang Florian-Geyer-Straße ist es passiert. Ich lass Sie dort raus."

Hartmut Grühn betrat den Volksfestplatz und sah, wie Kriminalhauptkommissar Wolfram Bayer aus dem Auto stieg. Er ignorierte die abwehrende Handbewegung des Leiters der Mordkommission, ging zu ihm hin und sagte: „Ich glaube, es ist Fridolin Pfeuffer. Er hat mich angerufen."

„Komm mit", sagte Wolfram Bayer.

Sie bahnten sich den Weg durch die Phalanx der Gaffer zu dem Mann, der bäuchlings am Boden lag, das Gesicht zur Seite gedreht. Alle Farbe war daraus gewichen.

„O mein Gott", sagte Hartmut Grühn. „Es ist Fridolin."

Kriminalhauptkommissar Bayer legte ihm kurz die Hand auf die Schulter.

„Wir sprechen uns gleich", sagte er. „Ich muss erst ein paar Anordnungen treffen."

Hartmut Grühn nickte und trat auf die Seite. Plötzlich stand ein junger Mann mit blonden Haaren vor ihm. Er hielt ihm ein Smartphone vors Gesicht.

„Sören Eckenstade von Main-Radio Schweinfurt“, sagte er. „Sie sind doch Hartmut Grühn von der Brauerei Grühn. Kennen Sie den Toten?“

„Einer meiner Mitarbeiter“, antwortete Hartmut Grühn mechanisch. „Er arbeitet seit Jahrzehnten als Lagerist in meinem Betrieb. Es ist unfassbar.“

„Was ist geschehen?“

„Ich weiß es nicht. Er hat mich angerufen. Also … auf die Mobilbox gesprochen. Ich war nicht zu erreichen.“

„Was hat er gesagt?“

„Das er … Ich glaube, er hat den Mann gesehen, der mit im Ballon war.“

„Im Ballon? Ich verstehe nicht ganz.“

„Fridolin Pfeuffer war der Bodenverfolger des Heißluftballons meiner Brauerei, der explodiert und abgestürzt ist. Er hat am Freitag den Fahrgast gesehen, der dann verschwunden ist. Und jetzt hat er ihn anscheinend wieder gesehen. Den Mann, der meinen Freund Norbert Hagmeyer aus dem Ballonkorb geworfen hat.“

„Wo hat er ihn gesehen?“, fragte Sören Eckenstade.

„Hier … auf dem Volksfest. Er hat gesagt … bei der Geisterbahn.“

„Mehr nicht?“

„Nein. Der Anruf ist dann abgebrochen. Er muss mich unmittelbar vor seinem Tod angerufen haben. Warum wollen Sie das alles wissen?“

„Fürs Radio. Wir werden darüber berichten.“

„Ach so“, sagte Hartmut Grühn. „Ach so. Das sind schreckliche Tage … schreckliche Tage.“

23

Blacky hatte auf Sörens Anruf mit Gelassenheit reagiert.

„Was ist denn passiert? Und schrei nicht so, ich verstehe dich sehr gut."

„Hier liegt 'ne Leiche", sagte Sören. „In ziemlich viel Blut."

„Ah ja. Um wen handelt es sich?"

„Keine Ahnung. Einen älteren Mann."

„Was haben wir damit zu tun? Ich meine, da kann ja alles Mögliche passiert sein. Ein Streit. Ein Raubüberfall. Was soll ich da? Ich kann den auch nicht mehr lebendig machen."

„Stimmt", gab Sören zu. „Dann bleib, wo du bist. Ich habe die Sache im Griff. Wenn ich was Neues weiß, melde ich mich."

„So machen wir es", sagte Blacky und trennte die Verbindung.

„Immer was Aufregendes in deinem Job, oder?"

Kristins Lächeln war vieldeutig. Er wusste nicht, ob sie sich über ihn lustig machte.

„Ach, Routine. Mein Kollege ist manchmal etwas übereifrig. Er ist halt auch noch jung."

„Und du bist schon so alt, oder?"

„In gewisser Weise schon."

„Ich mag ältere Männer", sagte Kristin.

„Das finde ich beruhigend."

Blacky sah zu Philipp Haien hinüber, der auf seinem blauen Handtuch saß und unentwegt zu ihnen herüberstarrte.

„Er scheint das auch zu wissen."

„Keine Ahnung, was er weiß. Obwohl … man muss bei ihm vorsichtig sein. Er spioniert überall herum und taucht immer dann auf, wenn man überhaupt nicht damit rechnet. Es soll da schon ziemlich skurrile Situationen im Schloss gegeben haben. Theater im Theater."

„Seid ihr Schauspieler eigentlich wirklich so, wie man es sich immer vorstellt?"

„Wie stellt man es sich denn vor?"

„Na ja", sagte Blacky. „Ein bisschen … offener als andere Menschen. Freizügiger … wenn du weißt, was ich meine. Liberaler."

Jetzt lächelte sie nicht, sondern lachte lauthals.

„Du meinst, ob wir schneller miteinander in die Kiste gehen?"

„Ich wollte nicht so deutlich fragen."

„Nein", sagte sie. „Wir sind nur etwas vertrauter mit den menschlichen Leidenschaften. Rollen färben ab, weißt du? Manchmal führen wir im Leben einfach das weiter, was wir auf der Bühne nicht zu Ende bringen konnten. Theaterstücke haben oft so einen merkwürdigen Schluss. Dann kann es schön sein, wenn die Komödie weitergeht. Aber meistens ist es eben doch nur Komödie."

Blacky glaubte, einen melancholischen Grundton aus ihrem heiteren Geplauder herauszuhören. Aber er konnte sich auch täuschen.

„Interessant", sagte er. „Würde ich gern vertiefen."

„Dem steht doch nichts im Wege. Oder?"

„Ich wüsste nicht, was."

Auf dem Augenblick von Übereinstimmung und Erwartung lag wie ein Bronzeton die Sonne des späten Nachmittags. Dann kam erneut eine Windbö vom See her, und Blackys Handy klingelte zum zweiten Mal.

„Geh ruhig ran", sagte Kristin, als sie bemerkte, wie er zögerte.

Es war wieder Sören.

„Verflixt noch mal", sagte Blacky. „Kannst du mich nicht ..."

Doch dann hörte er aufmerksam zu. Trennte die Verbindung. Sein Gesicht schien alles zu verraten.

„Du musst los", stellte sie sachlich fest. Er hätte gern ein kleines Bedauern in ihrer Stimme gehört.

„Ich fürchte, ja."

„Davon lebt das Theater", sagte sie. „Immer im falschen Moment kommt eine Botschaft. Aber nur so kann die Handlung weitergehen."

„Ich wüsste auch eine andere Variante", murmelte Blacky.

„Die gibt es immer. Doch der Autor hat sich nun mal so entschieden. Vielleicht sehen wir uns wieder."

„Ich wollte eigentlich mit diesem Philipp noch ein paar Worte reden."

„Das kannst du dir sparen", sagte Kristin. „Er würde nicht mir dir reden."

„Und warum nicht?"

„Weil er jetzt eifersüchtig ist. Da ist er dann verstimmt und spricht mit niemandem."

„Woher weißt du das?"

„Weil das ständig so ist. Wie gesagt, alle Schauspielerinnen können ein Lied davon singen."

„Er hat schon einen Sprung in der Schüssel, oder?"

„Ja", sagte Kristin. „Aber er ist harmlos. Ich hoffe es wenigstens."

Sie gab ihm einen Kuss auf jede Wange, was Blacky im Vergleich zum letzten Mal als eine bemerkenswerte Steigerung empfand.

*

Kriminaloberkommissarin Kerstin Weiß eilte über den Volksfestplatz und suchte Wolfram Bayer, den Leiter der Mordkommission.

„Da drüben am Bratwurststand", sagte ein uniformierter Polizeibeamter. „Er spricht mit Herrn Grühn von der Brauerei."

Sie ging zu ihm hinüber und bedeutete ihm durch ein energisches Handzeichen, dass sie dringend mit ihm reden müsse. Er nickte und unterbrach das Gespräch sofort.

„Hartmut", sagte er, „das ist meine Kollegin, Oberkommissarin Weiß. Du hast also eine Nachricht von Fridolin Pfeuffer auf deiner Mobilbox vorgefunden?"

„Ja, nur einen Satz … ‚Ich habe ihn gesehen … bei der Geisterbahn'."

„Ihn?"

„Er meinte ganz sicher den Mann, der mit Norbert im Ballon war. Wir hatten uns am Nachmittag noch darüber unterhalten."

„Gibt es auf dem Volksfest eine Geisterbahn?"

„So eine Art Geisterbahn. Etwas Neumodisches. Nicht das, was wir aus unserer Jugend kennen."

„Es nennt sich *Grauenhaft gruseliges Curiositäten-Cabinett*", erklärte Kerstin Weiß. „Ein bisschen wie bei Madame

Tussaud in London. Mit Wachsfiguren und mechanischen Puppen. Ziemlich effektvoll."

„Komisch", sagte Hartmut Grühn. „Ich hab erst beim Frühschoppen mit dem Erwin Diesel darüber gesprochen. Weil mir die Betreiberin der Attraktion aufgefallen ist. Eine bemerkenswerte, etwas undurchsichtige Frau. Sie ist zum ersten Mal in Schweinfurt."

„Wie alt?", fragte Kerstin Weiß rasch.

„Vielleicht Ende dreißig. Rote Haare. Mit einem Blick, der einen … nicht kalt lässt."

„Wissen Sie ihren Namen?"

„Zdenka Rusalka."

„Interessant", sagte Kerstin Weiß. „Sehr interessant."

Sie sah Wolfram Bayer an, aber ihre grauen Augen schienen sich in weiter Ferne verloren zu haben.

„Kann ich dich kurz sprechen?", fragte sie.

Er nickte und ging mit ihr einige Schritte seitwärts. Ein erster Blitz zuckte über den Himmel.

„Kaminski ist mit dem halben LKA im Anmarsch", sagte sie. „Er ist stinksauer, dass du hier die Ermittlungen aufgenommen hast."

„Ich bin der Leiter der Mordkommission", knurrte Wolfram Bayer. „Und das hier ist ein Tötungsdelikt."

„Er betrachtet den Volksfestplatz als Revier der Sonderkommission. Mach dich auf etwas gefasst."

„Er kann mich mal am Arsch lecken", sagte der Kriminalhauptkommissar. „Und ich bin ihm mindestens drei Schritte voraus. Fridolin Pfeuffer scheint also den Mann gesehen zu haben, der am Freitag mit im Ballon war. Wenn unsere ganze Theorie stimmt, hat er damit auch den Mann gesehen, der Oberstaatsanwalt Wurzer erschossen hat."

„Und dieser Mann hat ihn zum Schweigen gebracht?"

„Wer sollte sonst den alten Fridolin mitten auf dem Volksfest hinterrücks erstechen? Wir haben es mit einem eiskalten Killer zu tun. Das schaut doch alles sehr nach Mafia aus. Findest du nicht?"

„Vielleicht", sagte Kerstin Weiß. „Vielleicht …"

Sie schien immer noch tief nachzudenken. Ihre grauen Augen blitzten.

„Aber ich glaube es nicht. Willst du wirklich mit Kaminski auf einer Linie sein? Der übrigens gerade einmarschiert."

Dann holte sie tief Luft und setzte in weniger als einer Minute dem Leiter der Mordkommission einen Plan auseinander, der ihn sehr verblüffte.

„Wann hast du dir denn das ausgedacht?"

„Soeben. Man nennt das die Genialität des Augenblicks."

„Oder den Schwachsinn des Moments", knurrte Wolfram Bayer. „Aber warum nicht? Gut, wir halten ihn noch eine Weile hin. Ich bringe Hartmut Grühn inzwischen aus seiner Reichweite."

Exakt auf den ersten Donnerschlag des nahenden Gewitters betrat Erster Kriminalhauptkommissar Götz Kaminski den Volksfestplatz. Flankiert von vier griesgrämig schauenden Beamten des Landeskriminalamtes. Er sah sich um und verteilte eine Reihe von Anweisungen. Mit der rüden Geste eines Imperators versuchte er dann, Wolfram Bayer zu sich zu zitieren. Der Leiter der Mordkommission tat so, als ob er nichts gesehen hätte, und ging mit Hartmut Grühn Richtung Ausgang.

„Was tut der Mann?", rief Kaminski. „Wo geht er hin?"

„Soweit ich weiß, gehört er nicht der Sonderkommission

an und ist damit auch nicht deiner Leitung unterstellt“, sagte Kerstin Weiß. „Ich glaube, er macht seine Arbeit.“

Götz Kaminski starrte sie wütend an. Dann drehte er sich abrupt um und ließ sie einfach stehen.

„Wie weit ist die Spurensicherung?“, schnarrte er. „Es gibt gleich einen gewaltigen Platzregen, der uns alles vom Pflaster spült, was dort zu finden ist.“

Kerstin Weiß grinste verstohlen in sich hinein. Sie ließ ihren Blick ringsum wandern und entdeckte Sören, der eifrig winkend auf sie zukam.

„Wo sind Lothar und Blacky?“, fragte sie. „Habt ihr was herausgefunden?“

„Eins nach dem andern“, sagte Sören. „Lothar ist auf dem Weg nach Irland. Golf ist wichtiger als Mord. Blacky war in Maßbach und ist auf dem Weg hierher. Herausgefunden habe ich gar nichts. Außer, dass alle älteren Schausteller etwas zu wissen scheinen. Aber sie unterliegen offenbar alle der Omertà, dem Gesetz des Schweigens. Keiner sagt auch nur ein Sterbenswörtchen.“

„Ja“, sagte Kerstin Weiß. „Das war zu befürchten. Doch vielleicht sind wir trotzdem einen Schritt weiter. Komm einmal mit.“

24

Das Gewitter kam von Südwesten her. Der Himmel über Schweinfurt war nahezu schwarz. Blacky sah die ersten Blitze, als er sich auf der Höhe hinter Thomashof dem Stadtwald näherte. Der imposante Ausblick über halb Mainfranken hier oben erschien wie durch ein magisches Licht gefiltert. Dann setzte von einer Sekunde auf die andere der Regen ein. Er steigerte sich in kürzester Zeit zu einem Wassersturm. Blacky musste die Fiat Barchetta auf Schritttempo abbremsen. Der steile Abstieg der Deutschhöfer Straße zum Marienbach hinunter wurde zur Fahrt auf einem Sturzbach. Er hatte das Gefühl, dass der Wagen mehr schwamm als fuhr. Erst am Obertor spürte er wieder Asphalt unter den Reifen.

In der Niederwerrner Straße meldete er sich wie vereinbart bei Sören.

„Bin gleich da. Wo bist du?"

„Ich fahre mit Kerstin Autoscooter."

„Lass die blöden Witze."

„Echt wahr. Kauf dir ein paar Chips. Wir veranstalten eine kleine Rally."

Ehe Blacky noch etwas erwidern konnte, hatte Sören aufgelegt.

*

Kriminalhauptkommissar Bayer war mit Hartmut Grühn ein kleines Stück die Florian-Geyer-Straße entlanggegangen. Der Brauereibesitzer war bleich und fassungslos. Er sprach kein einziges Wort.

Schließlich blieb Wolfram Bayer stehen und sagte: „Nimm ein Taxi und fahr nach Hause. Geh heute nicht mehr ans Telefon. Wenn noch etwas Wichtiges sein sollte, komme ich persönlich bei euch vorbei."

„Aber ...", entgegnete Hartmut Grühn. „Ich habe doch noch gar keine Aussage gemacht."

„Doch, hast du. Du hast mir alles erzählt. Das reicht für den Augenblick. Alles Weitere klären wir morgen."

„Und Fridolin? Soll ich ihn einfach so liegen lassen? Es wird bald regnen."

„Hartmut ... Wir werden uns um ihn kümmern. Aber er ist tot."

„Wann wird das ein Ende nehmen?", fragte Hartmut Grühn. „Weißt du, wie viele Menschen ich schon verloren habe? Allein an diesem Wochenende drei."

„Drei?"

„Du weißt nicht alles", sagte Hartmut Grühn. „Und du musst auch nicht alles wissen. Grüß deine Frau von mir. Euer Fest gestern Abend hat gepasst."

Er hob die Hand und ging davon, schlurfend wie ein sehr alter Mann. Wolfram Bayer sah ihm nach, dann spürte er, wie die ersten Regentropfen fielen.

*

Götz Kaminski, Leiter der Sonderkommission *Riesenrad,* hatte sich vor dem Regen in einen Streifenwagen geflüchtet. Dort saß er und schrie aus dem heruntergekurbelten Seitenfenster: „Wo ist Kerstin, verdammt noch mal? Und Wolfram Bayer will ich auch sofort sprechen."

Kriminalmeister Kilian Urban stand wie ein begossener Pudel vor dem Wagen.

„Ich weiß es nicht", sagte er. „Sie sind beide irgendwie … unterwegs."

„Fischbrötchen essen, oder was? Meine Güte … Schweinfurt … Jetzt schifft's auch noch. Und wo sind die Kollegen vom LKA?"

„Ich glaube, die sind ins Bierzelt gegangen", antwortete Kilian Urban vorsichtig.

Die Spurensicherung war unter großen Regenschirmen immer noch mit der Tatortarbeit beschäftigt. Über die Leiche von Fridolin Pfeuffer hatte man eine wasserdichte Plane gebreitet. Das Fahrzeug des Bestattungsunternehmens *Medich* stand bereits daneben. Der Rechtsmediziner aus Würzburg ließ wie immer auf sich warten.

„Ich hatte recht", sagte Erster Kriminalhauptkommissar Kaminski aus dem Auto heraus zu Kilian Urban. „Es war ein Präzisionsschussgewehr osteuropäischer Herkunft, mit dem euer Oberstaatsanwalt getötet wurde. Die Jungs vom LKA haben den ballistischen Bericht mitgebracht. Ein SWD, also ein Dragunow, Kaliber sieben Komma zweiundsechzig. Legendäre Waffe mit einer Zielgenauigkeit von über tausend Metern. Der Schuss ist von ziemlich weit oben gekommen, also quasi aus der Luft. Was meine Theorie mit dem Heißluftballon bestätigt. Ganz schön clever. Da schwebt der Killer lautlos heran und setzt aus sicherer Entfernung mit einem hervorragenden Gewehr exakt den Todesschuss. Wen also suchen wir?"

„Einen Mann, der wahrscheinlich in Osteuropa als

Scharfschütze ausgebildet wurde und ein Dragunow besitzt", sagte Kriminalmeister Urban und klatschte sich die nassen Haare aus dem Gesicht.

„Richtig. Und wo finden wir den?"

„Im russischen Milieu."

„Richtig. Und wo finden wir das?"

„Keine Ahnung", sagte Kilian Urban. „Die Russen sind hier überall. Kaufen in jedem Supermarkt den Wodka weg. Und gehen neuerdings sogar zum Friseur. Neulich musste ich fast eine Stunde warten, weil zwei Herren aus …"

„Schon gut", unterbrach Götz Kaminski. „Ich mache mich jetzt auf die Suche nach Oberkommissarin Weiß. Von Ihnen will ich in einer Stunde einen Bericht über die Leiche da im Regen. Identität, Todesursache, Zeugenaussagen. Ich gehe nicht davon aus, dass diese Geschichte mit meinem Fall zu tun hat, aber man weiß ja nie. Dann werde ich mich mit dem russischen Milieu vertraut machen. Da gibt es doch sicher auch die üblichen Verdächtigen."

Er stieg aus, holte sich bei der Spurensicherung einen der großen Schirme und ließ Kilian Urban im Regen stehen.

*

Zu den Idealen von Blackys Männlichkeit gehörte es von jeher, keinen Regenschirm zu besitzen; ein Grundsatz, an den er sich eisern hielt. Vom Presseparkplatz aus waren es zwar nur ein paar Meter, aber Blacky war schon klatschnass, als er den Volksfestplatz erreicht hatte. Er spürte, wie das Pflaster auf seinem Kopf aufweichte und sich zu lösen begann. Der Rummel war vorbei; wer Platz fand, hatte sich ins Festzelt geflüchtet, die meisten Besucher schienen jedoch bereits den Heimweg angetreten zu haben. Nur das Geschäft mit den Autoscootern brummte, weil man sich hier im Trockenen wusste.

Blacky schüttelte ungläubig den Kopf, als er sah, wie Kerstin Weiß und Sören Eckenstade einträchtig zusammen in einem Wagen saßen und ihre Runden drehten. Er versuchte, die beiden auf sich aufmerksam zu machen, aber sie wollten offensichtlich keine Notiz von ihm nehmen. Angesäuert reihte er sich in die lange Schlange an der Kasse ein, um dann in einer noch längeren auf ein Auto zu warten. Die zwei verfügten offenbar über einen beträchtlichen Vorrat an Fahrchips, denn sie fuhren unentwegt eine Runde nach der anderen.

Endlich ergatterte Blacky ein Auto und wuchtete sich hinein. Als das Startsignal ertönte, gab er Gas und hielt sofort auf die beiden zu. In einem fiesen 90-Grad-Winkel rammte er sie direkt in die Seite.

„Hey!“, schrie Sören und strahlte vor Vergnügen.

„Habt ihr sie noch alle?“, brüllte Blacky gegen den Lärm und die Discomusik an. „Was soll denn das?“

„Wir müssen reden“, brüllte Kerstin Weiß zurück.

„Der beste Platz auf der Welt, den ich mir dafür vorstellen kann.“

Zwei reichlich betrunkene Mädchen versuchten ihn zu schneiden und abzudrängen. Er wollte ausweichen, sie steuerten dagegen und krachten brutal von vorn gegen seinen Scooter.

„Hey, Glatze, hast du dir den Kopf gestoßen?“, grölte eines der aufgedonnerten Girlies. Er ging nicht darauf ein und glitt wieder an die Seite von Kerstins und Sörens Wagen.

„Das ist eine Scheißidee“, sagte er. „Und meinem Kopf tut das bestimmt nicht gut.“

„Bei der nächsten Runde komme ich zu dir", rief Kerstin Weiß. „Dann können wir reden. Sören weiß schon Bescheid."

„Na super."

Blacky fuhr missmutig im Kreis, bis die Scooter endlich stoppten.

„Jetzt sei nicht so griesgrämig. Das macht doch Spaß", sagte Kerstin Weiß, als sie schließlich neben ihm saß.

„Und es ist erklärungsbedürftig."

„Ich weiß", sagte sie und wurde ernst. „Das hier ist sozusagen eine Art Versteck. Denn wir wollten bis zu deiner Ankunft dem Leiter der Sonderkommission aus dem Weg gehen. Wir haben nicht viel Zeit. Und vielleicht ist das Ganze eine Schnapsidee. Aber einen Versuch ist es wert."

Bis zum Ende der Runde setzte sie Blacky von dem in Kenntnis, was eine knappe Stunde zuvor bereits Kriminalhauptkommissar Wolfram Bayer verblüfft hatte.

25

Am frühen Abend stellte Will Bernhard den Alfa Romeo auf einem der Großparkplätze am Tronchetto ab. Seit seiner Frage vor dem Biebelrieder Kreuz hatte er geschwiegen und sie nicht angesehen. Jetzt war er des Spiels überdrüssig.

„Wir sind da", sagte er. „Ich habe Hunger."

Ophelia lächelte flüchtig.

„Wir sind noch nicht in Venedig. Du musst dich an die Regeln halten."

Sie winkten einem Taxi, verstauten das Gepäck und fuhren zum Piazzale Roma. Dort stiegen sie in eines der Wassertaxis um. Ophelia ließ beim Fahrer keinen Zweifel daran, welchen Fahrpreis sie bezahlen würde, und nannte in ihrem eleganten Italienisch das Ziel. Der Canal Grande kokettierte im Spätlicht einer goldenen Sonne mit all seinen Geheimnissen. Nach der ersten Brücke, dem Ponte Scalzi, sagte sie: „Nun darfst du sprechen. Und du kannst die Frage stellen, die dich den ganzen Tag schon quält."

„Ja", sagte er. „Wer ist Igor?"

„Ich muss leben", antwortete sie. „Und ich will gut leben. Er hat das Geld dafür."

„Ein Russe?"

„Aus einer alten Adelsfamilie. Ein kultivierter Mann. Er liebt die Oper und das Ballett. Ich habe ihn im La Fenice kennengelernt. Vor einem Jahr. Er ist in mich vernarrt."

„Wusste Klaas von ihm?“

„Vielleicht“, sagte Ophelia. „Wahrscheinlich. Er konnte da sehr pragmatisch sein. Wie immer, wenn es ums Geld ging. Trotz seiner Eifersucht. Wärst du reich und er hätte es gewusst, wäre es nicht zum Streit gekommen. Und du hättest ihn nicht umbringen müssen.“

Will Bernhard sah sie an. Eine Madonna vor dem Hintergrund des Ca' d'Oro.

„Ich habe ihn nicht umgebracht“, sagte er. „Warum glaubst du mir nicht? Es ist die Wahrheit.“

„Weil ich dir nicht glauben will“, antwortete sie. „Die Wahrheit selbst ist trivial. Aber die erfundene Wahrheit ist Poesie.“

Will Bernhard blickte nach vorn. Der Ponte di Rialto wölbte sich weiß schimmernd über dem Wasser.

Wenn die Gondeln Trauer tragen. Er hatte also eine neue Rolle gefunden. Er würde jetzt ein Mörder sein.

*

Er würde also Will Bernhard sein. Der Bruder auf der Suche nach der verschwundenen Schwester. Blacky verwünschte diese Idee bereits, als er sich dem *Grauenhaft gruseligen Curiositäten-Cabinett* noch gar nicht genähert hatte.

„Du glaubst doch nicht im Ernst“, hatte er zu Kerstin Weiß gesagt, „dass das auch nur irgendwie funktioniert. Außerdem steht deine ganze Theorie auf äußerst schwachen Füßen.“

„Ich weiß“, hatte sie geantwortet. „Aber ich vertraue meiner Intuition. Irgendetwas sagt mir, dass dort der Schlüssel liegt. Und Fridolin Pfeuffer hat diesen Mann bei der Geisterbahn gesehen.“

„Bei der Geisterbahn … Das kann alles heißen. Aber noch lange nicht, dass wir ihn dort finden werden."

„Du …", sagte Kerstin Weiß. „Du wirst ihn dort finden."

„Und warum kann das nicht Sören übernehmen?"

„Weil er zu jung ist. Er kann nicht der Bruder sein. Außerdem bist du Will Bernhard durchaus ein bisschen ähnlich. Gutaussehend, markant …"

„Raspel, raspel, Süßholz", ätzte Blacky. „Ich bin kein Schauspieler. Ich kann das nicht."

„Sonst gefällst du dir doch auch in der Rolle des Superdetektivs."

„Das habe ich nie gesagt. Und nie gewollt. Das hat sich immer so ergeben."

„Dann willst du es diesmal eben. Nun stell dich nicht so an!"

„Aber es kann gefährlich werden. Der Mann ist ein Killer."

„Wolfram Bayer und ich sind immer in deiner Nähe."

„Wie beruhigend. Diesen Satz kenn ich aus dem Kino. Da geht so etwas jedes Mal schief."

„Das ist der Unterschied zwischen Kino und Realität. Und jetzt mach voran … Wir haben nicht viel Zeit."

Er hatte den Autoscooter auf die Seite gelenkt, war ausgestiegen, hatte in den nachlassenden Regen hinausgeschaut. Kerstin Weiß war hinter ihn getreten. Er spürte ihre Nähe. Dann legte sie beide Arme um ihn.

„Okay, okay", sagte er. „Ich bin schon unterwegs."

*

„Wenn das schiefgeht", knurrte Kriminalhauptkommissar Wolfram Bayer, „dann sind wir beide unseren Job los."

Kerstin Weiß und er hatten gegenüber dem *Curiositäten-Cabinett* vor der Schießbude Position bezogen. Sören stand gerade am Kassenhäuschen und löste ein Ticket. Er sollte sich im Innern umschauen und nach Möglichkeit einen Überblick über die Struktur der gesamten Anlage gewinnen.

„Und wenn Kaminski jetzt vorbeikommt, ist der Teufel los", fuhr Wolfram Bayer fort.

„Meine Güte", sagte Kerstin Weiß gereizt. „Du bist doch sonst nicht so ein Schisser. Behalt die Nerven, Blacky macht das schon."

„Du bist vernarrt in ihn, stimmt's?"

„Nein, aber er in mich. Das macht es nicht gerade einfach."

„Und dieser Demir?"

„Herrschaftszeiten, Wolfram", zischte sie. „Das ist doch jetzt nicht der Ort, mein kompliziertes Leben zu erörtern."

„Auch wieder wahr", sagte er. „Da kommt Blacky."

*

Er hatte letztlich überhaupt keinen Plan. Sören hatte ihm geraten, sich nach Möglichkeit an eine Frau zu wenden. Die Männer in diesem Gewerbe seien alle ziemlich abweisend und mundfaul. Der Zeitpunkt jetzt war wahrscheinlich recht günstig, weil nach dem Regen überall Flaute herrschte. Die Stimmung war abgekühlt, und das Volksfest hatte seinen Schwung verloren.

Blacky wartete, bis Sören seine Eintrittskarte gekauft und das *Curiositäten-Cabinett* durch das überdimensionale Pseudo-Marmorportal betreten hatte. Im Kassenhäuschen saß eine ältere Frau mit ordentlichen Locken und schiefem Gesicht.

„Ich würde gerne jemanden Verantwortlichen sprechen", sagte er.

„Warum? Wollen Sie mitfahren?"

„Mitfahren?"

Sie zeigte auf ein Blatt Papier, das an die Wand des Kassenhäuschens gepinnt war.

Mitreisende und Helfer für den Abbau gesucht.

Bitte im Büro melden.

„Vielleicht", sagte er. „Kommt auf die Kohle an."

„Richtige Einstellung", grinste sie. „Hinten rechts. Der Wohnwagen, wo Büro draufsteht."

Er verkniff es sich, noch einen Blick auf Kerstin Weiß und Wolfram Bayer gegenüber zu werfen, und schlüpfte durch den schmalen Durchgang. Als DJ, Moderator und Journa-list hatte er schon viele Backstage-Bereiche gesehen, und so kannte er deren Schäbigkeit und Tristesse. Hier war es nicht anders. Müll lag herum, Kabelbündel schlängelten sich unordentlich über den Boden, es roch nach Zigarettenqualm und billigem Fusel. Mehrere Wohnwägen standen kreuz und quer. An einem hing ein Schild: *Büro.*

Die Tür war halb offen. Er klopfte.

„Ja bitte?"

Eine helle, angenehme Stimme. Blacky zog die Tür weiter auf und steckte den Kopf hinein. Hinter einem Schreibtisch saß eine Frau mit langen roten Haaren.

„Na, du kannst schon ganz hereinkommen. Ich beiße nicht."

Sie hatte sehr lebendige Augen. Mit einem spöttischen Blick.

„Ich habe mit Wohnwägen immer so meine Probleme", sagte er. „Irgendwie Angst, mich anzustoßen."

„Du scheinst dich aber öfter anzustoßen."

Er bemerkte, dass sie das Pflaster auf seinem Kopf betrachtete.

„Ja, heute war nicht so mein Tag."

„Was kann ich für dich tun?"

Ein Moment der Unsicherheit. Ihm fehlte die Chuzpe des Schauspielers.

„Ihr sucht Mitreisende?"

„Ja." Sie begann zu lachen.

„Was ist so komisch?"

„Weil du deswegen nicht hier bist. Du bist keiner von uns."

Er überlegte kurz, ob er mit einer Frage darauf eingehen sollte. Was das hieß, einer von ihnen zu sein. Dann entschied er sich, den Sprung gleich zu wagen.

„In gewisser Weise schon", sagte er. „Mein Name ist Will Bernhard. Ich bin Schauspieler. In Wirklichkeit heiße ich aber Korbinian Wurzer. Und ich bin auf der Suche nach meiner verschwundenen Schwester."

26

Als Sören Eckenstade das *Grauenhaft gruselige Curiositäten-Cabinett* verließ, stand Olaf Röder, der Redaktionsleiter von Main-Radio Schweinfurt, an der Kasse und kaufte zwei Eintrittskarten. Neben ihm Vanessa, die neue blonde Praktikantin. Er wollte sich an ihnen vorbeimogeln, aber in diesem Augenblick drehte Olaf Röder sich um.

„Ach, Sören, auch auf Gänsehauttrip? Lohnt sich diese Sache denn? Na egal, jetzt hab ich die Karten eh gekauft."

Wie immer stellte der Redaktionsleiter und Imageberater der Stadt Fragen, auf die er keine Antwort wollte. Sören machte auch gar nicht erst den Versuch dazu, sondern wartete schweigend ab, dass der Auftritt seines Chefs ein Ende fand. Was auch binnen Sekunden geschah, denn Olaf Röder nickte herablassend und sagte: „Wir sehen uns morgen. In aller Frische."

Er nahm Vanessa bei der Hand und verschwand mit ihr im Gruselkabinett. Sören ging zu Kerstin Weiß und Wolfram Bayer hinüber.

„Nichts Auffälliges", berichtete er. „Die Show ist ziemlich gut. Es sind drei Stockwerke mit einem Gang, der sich spiralförmig nach oben zieht. Man geht zu Fuß, weil das Ganze ja kein Fahrgeschäft ist. Zwischen den einzelnen Attraktionen ist es ziemlich dunkel. Überall gibt es schwarzgestrichene Türen, die hinter die Kulissen führen. Sind aber alle verschlossen, mit Ausnahme der Notausgänge. Schon was von Blacky gehört?“

„Nein“, sagte Hauptkommissar Bayer und sah nervös auf die Uhr. „Er ist bereits ’ne viertel Stunde weg. Viel zu lange. Zehn Minuten waren ausgemacht. Wir versuchen ihn seit ein paar Minuten auf dem Handy zu erreichen. Meldet sich nicht.“

„Wenn wir zu früh reingehen, machen wir vielleicht alles kaputt“, sagte Kerstin Weiß.

„Besser zu früh als zu spät. Wenn an der Sache was dran ist, dann haben wir es mit einem Mann zu tun, der drei Menschen umgebracht hat. Zwei davon, weil sie Zeugen und Mitwisser seiner Taten waren. Wie gesagt, wenn … Aber wir spielen mit dem Feuer.“

„Gut, dann gehen wir rein“, sagte Kerstin Weiß. Sie griff mit der Hand hinter sich und knöpfte das Pistolenhalfter auf, das sie am Gürtel trug.

*

Angesichts der blitzenden Guillotine und des Kopfes Marie Antoinettes war Olaf Röder dabei, Vanessa die Französische Revolution zu erklären. Als er bei Danton und dessen Enthauptung angelangt war, fiel ein Schuss.

„Klang beinahe echt“, sagte er.

Hinter der Guillotine, wo auf Leinwand ein Panorama der Stadt Paris zu sehen war, öffnete sich eine Tür. Ein Mann stürzte heraus, stolperte über den Weidenkorb mit dem Kopf der Königin, rappelte sich hoch und rannte an ihnen vorbei in den dunklen Gang. Erneut ertönten die Anfangstakte der Marseillaise.

„Hoppla“, sagte Olaf Röder.

Dann hechtete Kerstin Weiß durch die Tür. Sie hielt ihre Pistole im Anschlag, ging hinter der Figur des kahlköpfigen Scharfrichters in Deckung und sicherte die Lage nach allen Seiten.

„Da!", flüsterte Olaf Röder und zeigte mit dem Finger den Gang hinab. Kerstin Weiß nickte. Auf Zehenspitzen tastete sie sich in den Gang hinein.

„Stehenbleiben!", rief sie. „Polizei!"

Sie verschwand in der Dunkelheit. Olaf Röder hörte, wie sie zu rennen begann.

„Du bleibst hier", sagte er zu Vanessa. „Ich muss gerade mal wieder etwas journalistische Praxis betreiben. Immer schön am Ball bleiben, wie es bei uns heißt."

„Ich habe Angst", hauchte sie. „Du kannst mich hier nicht alleine lassen."

„Keine Sorge, du wirst nicht geköpft."

Er nickte ihr aufmunternd zu und marschierte vorsichtig den Gang entlang. Es war ziemlich dunkel, verzerrte Gruselklänge kamen aus versteckten Lautsprechern. Hinter der nächsten Ecke lag das Londoner East End, wo er mit Vanessa schon gewesen war. Der Bewegungsmelder, den der Mann oder Kerstin Weiß ausgelöst hatte, hatte die Szene wieder in Bewegung gesetzt. Soeben schlug Big Ben Mitternacht, und Jack the Ripper schlich durch den Nebel. Olaf Röder wollte weitergehen, da kam ihm Kerstin Weiß auf leisen Sohlen entgegen.

Als sie ihn sah, zeigte sie ihm einen Vogel, dann legte sie den Finger auf den Mund. Mit den Augen bedeutete sie ihm, dass in der Szenerie vor ihnen etwas sei. Sie umklammerte die Pistole jetzt mit beiden Händen und richtete den Lauf auf die düstere Gasse von Whitechapel. Gerade wankte die letzte der Huren herbei, hob hilfeflehend die Arme. Aus ihrem Bauch quoll Blut.

Mit einem wilden Schrei schnellte der Mann direkt neben Kerstin Weiß hinter der Attrappe einer grauen Mauer hervor, schlug ihr von unten die Pistole aus der Hand, versetzte ihr einen Faustschlag ins Gesicht und rannte wieder davon. Die Oberkommissarin stieß einen obszönen Fluch aus und suchte am Boden nach der Waffe. Die lag unmittelbar vor Olaf Röders Füßen, er bückte sich, hob sie auf und gab sie Kerstin Weiß mit spitzen Fingern.

„Danke", keuchte sie und nahm die Verfolgung auf. Olaf Röder trabte hinterdrein.

Er passierte Dr. Frankensteins Laboratorium und Draculas Schloss, durchquerte das gotische Gewölbe mit den vielen Spinnen, dann kam der Eingang in Sicht. Er trat hinaus, blickte sich um und hörte, wie zwei Schüsse über den Volksfestplatz peitschten.

Weit vorne, fast schon am Riesenrad, fiel jemand zu Boden. Menschen schrien. Martinshörner gellten. Olaf Röder ging einige Schritte weiter und bemerkte plötzlich, dass er allein war. Die wenigen Besucher, die nach dem Regen noch unterwegs waren, hatten überall Deckung gesucht, wo sich eine Gelegenheit geboten hatte. Nur zwischen ihm und dem Mann, der sich auf dem nassen Asphalt krümmte, stand breitbeinig Kriminaloberkommissarin Kerstin Weiß, die Waffe weiterhin im Anschlag.

Ein Streifenwagen raste auf den Mann zu, zwei Beamte sprangen heraus, wälzten ihn auf den Bauch und legten ihm Handschellen an. Kerstin Weiß ließ die Pistole sinken, steckte sie in das Halfter zurück und drehte sich um. Sie ging an Olaf Röder vorbei, ohne ihn zu sehen.

27

„Verdammte Scheiße!“, fluchte Kriminalhauptkommissar Wolfram Bayer. „Unsere Schlüssel passen nicht.“

Er nestelte an den Handschellen herum, mit denen Blacky an eine Metallstrebe gefesselt war.

„Wie im Kino“, schimpfte Blacky. „Wie im Kino. Erst seid ihr nicht da, und dann kriegt ihr die Dinger nicht auf.“

„Könnten Sie mal behilflich sein?“, fuhr Wolfram Bayer die Frau mit den roten Haaren an. Sie saß auf einem Klappstuhl und schien amüsiert.

„Ich denk nicht dran“, sagte sie. „Das ist euer Job.“

„Geben Sie mir einfach die Schlüssel.“

„Die hat Radovan.“

„Tut mir leid“, sagte Wolfram Bayer zu Blacky. „Du wirst dich noch eine Weile gedulden müssen.“

„Sind wir jetzt per Du?“

„Anscheinend. Der Ältere bietet dem Jüngeren das Du an. Was hiermit geschehen ist.“

„Man gibt sich dann aber auch die Hand“, nölte Blacky.

„Das holen wir nach.“

*

Es war sofort schiefgelaufen.

Kaum hatte er den Satz „Ich bin auf der Suche nach meiner verschwundenen Schwester“ gesagt, war sie aufgesprungen und hatte gleichzeitig einen Revolver hervorgezaubert.

Blacky hatte sie verblüfft angestarrt.

„Kannst du den Trick noch einmal wiederholen?“, bat er, weil er seine Lage noch gar nicht realisiert hatte.

„Man wiederholt keine Tricks“, erwiderte sie. „Es ist nur gute Vorbereitung, Fingerfertigkeit und Übung. Ich bin ein Zirkuskind.“

„Bist du immer so gut vorbereitet?“

„Ja“, sagte die Frau mit den roten Haaren und richtete den Revolver auf seine Brust. „Wer bist du?“

„Hab ich dir doch gesagt. Korbinian Wurzer.“

„Red keinen Scheiß.“

„Was soll das heißen?“

„Du bist nicht Korbinian Wurzer.“

Seine Gedanken wirbelten. Konnte es sein, dass Kerstin Weiß tatsächlich voll ins Schwarze getroffen hatte? Vielleicht sogar so sehr in die Mitte, wie sie es selbst nicht für möglich gehalten hätte?

„Woher willst du wissen, dass ich nicht Korbinian Wurzer bin?“

Sie lächelte höhnisch und gab ihm keine Antwort. Stattdessen nahm sie ein Handy vom Tisch, drückte eine Nummer und begann in rasender Geschwindigkeit in einer Sprache zu reden, die er nicht kannte. Es musste etwas Slawisches sein. Dann legte sie das Handy zurück und sah ihn lange an.

„Ich mag es nicht, so angestarrt zu werden“, sagte Blacky.

„Wer bist du?“, fragte sie. „Was willst du?“

„Meine Schwester ist vor über zwanzig Jahren hier in Schweinfurt verschwunden. Während des Volksfestes. Es gab Gerüchte. Ich möchte herausfinden, ob sich noch jemand daran erinnern kann."

„Ich hab gesagt, du sollst keinen Scheiß reden. Du bist ein gottverdammter Lügner. Und ein schlechter dazu."

In diesem Augenblick hatte Blacky alles begriffen.

Ein doppeltes Dilemma. Es war nicht nur, dass sie wusste, wer er nicht war. Nämlich Korbinian Wurzer. Es war auch, dass der wirkliche Korbinian Wurzer alias Will Bernhard gewusst hätte, wer sie war. Nämlich seine Schwester.

Er war aufgeflogen und hatte das Spiel verloren.

„Du bist Arabella Wurzer", sagte er.

„Und du bist nicht mein Bruder", sagte sie.

Ein Mann betrat den Wohnwagen. Blacky drehte sich halb nach ihm um. Als er sein Gesicht sah, wusste er, dass es ernst werden würde. Der Mann hatte das harte Gesicht eines unerbittlichen Kämpfers.

*

Der Mann hatte eine Pistole in der Hand. Die beiden wechselten Worte in der fremden Sprache. Dann sagte Arabella Wurzer: „Du gehst jetzt ganz brav mit Radovan. Wenn du irgendwelche Zicken machst, legt er dich sofort um."

„Okay", sagte Blacky, „ich gehe ganz brav mit Radovan. Und dann?"

„Das wirst du dir doch wohl ausmalen können."

„Ich habe ausmalen nie gemocht. Schon als Kind nicht."

„Schön, dass du deinen Humor noch hast. Wie nennt man das? Galgenhumor?"

Radovan fuchtelte mit der Pistole. Er schob Blacky aus dem Wohnwagen und schubste ihn dann durch schmuddelige Ecken an die Hinterseite des *Curiositäten-Cabinetts.* Er öffnete eine Tür und machte zum ersten Mal den Mund auf: „Reingehen."

Blacky sah unauffällig auf die Uhr. Die zwischen ihm, Kerstin Weiß und Wolfram Bayer vereinbarte Zeit war um. Er hoffte, sie würden nicht zu lange auf sich warten lassen.

Sie befanden sich in einem Raum, in dem eine Reihe von Monitoren standen. Sie zeigten die einzelnen Szenerien des Gruselkabinetts. Blacky erkannte Sören, der eben durch die Leichenhalle im dritten Stock streifte. Dort wurden die berühmtesten Mordfälle der Weltgeschichte gezeigt, angefangen bei Kain und Abel.

Kain und Abel. Blacky schoss ein Gedanke durch den Kopf, der in dieser Situation ziemlich fehl am Platze war. Dennoch war er es wert, bedacht zu werden.

Der Mann mit dem Namen Radovan drängte ihn zu einer Metallstrebe in der Mitte des Raums.

„Hände hoch", sagte er.

Blacky überschlug seine Möglichkeiten. Die Pistole. Die Härte dieses Mannes. Keine Chance. Er hob die Hände.

Radovan griff in die Tasche seiner Lederjacke und zog ein Paar Handschellen heraus.

Verdammt, wo blieben seine beiden Schutzengel?

*

Radovan verließ den Raum, und Blacky schaute fern, mit den Händen an die Metallstrebe gefesselt.

Erstaunt sah er zu, wie Olaf Röder und Vanessa durch den Eingang kamen und das Gewölbe mit den grässlichen Spinnen betraten. Er hörte Vanessas spitze Schreie und Olafs anzügliche Sprüche. Blacky verfolgte ihren Weg von Draculas Schloss und Frankensteins Laboratorium zu Jack the Ripper. Nach der Enthauptung von Marie Antoinette begann Olaf Röder die Französische Revolution zu erklären.

Dann kamen Blackys Schutzengel.

Die laute Stimme von Kriminalhauptkommissar Wolfram Bayer von außerhalb: „Sie bleiben, wo Sie sind."

Kerstin Weiß rief: „Da drüben ist er! Polizei! Bleiben Sie stehen, oder ich schieße!"

Gepolter. Rasche Schritte. Ein ohrenbetäubend lauter Schuss.

Olaf Röder und Vanessa zuckten zusammen. Blacky sah auf dem Monitor, wie Radovan durch eine Tür ins Paris des ausgehenden 18. Jahrhunderts stürzte, über den Weidenkorb stolperte und verschwand. Gleich danach tauchte Kerstin Weiß auf, eine Pistole im Anschlag.

Die Tür zu Blackys Gefängnis flog auf. Kriminalhauptkommissar Wolfram Bayer stürmte zu ihm herein, ebenfalls eine Pistole in der Hand. Er sah sich um, sein Blick blieb an den Monitoren hängen. Im Londoner East End spielte sich eben eine dramatische Szene ab: Radovan sprang auf Kerstin Weiß zu, schlug ihr die Waffe aus der Hand und knallte ihr die Faust ins Gesicht.

„Verfickte Scheiße!", hörte man Kerstin Weiß schreien. Sie suchte hektisch nach der Pistole. Olaf Röder bückte sich und hob sie auf.

„Interessantes Programm, das du da guckst", sagte Wolfram Bayer zu Blacky. „Mordsaction."

„Könnten Sie mich vielleicht losmachen?", erwiderte Blacky. „Das wäre unheimlich nett."

„Ja", sagte der Kriminalhauptkommissar, „falls unsere Schlüssel passen."

Sören erschien in der Tür, Arabella Wurzer im Schlepptau, die Handgelenke mit einer Kordel gefesselt.

„Chef“, sagte Sören, „ich bringe die Gefangene.“

28

Ein uniformierter Polizeiobermeister versuchte mit aller Gewalt, seine Handschellen zu öffnen.

„Au, Sie tun mir weh“, schrie Blacky. „Und zwar richtig.“

„Ich krieg sie nicht auf“, sagte der Polizist. „Wir brauchen entweder die Schlüssel oder einen Bolzenschneider.“

„Dann besorgen Sie einen“, schimpfte Wolfram Bayer. „Ein bisschen dalli.“

Kriminaloberkommissarin Kerstin Weiß stand daneben und schwieg. Als sie hereingekommen war, hatte sie Blacky mit einem Blick gemustert, den er überhaupt nicht deuten konnte. Es schien eine Mischung aus spöttischem Grinsen, Mitleid, Sorge und Verlegenheit zu sein.

„Es war verdammt knapp“, ätzte Blacky immer wieder. „Verdammt knapp. Genau wie im Kino. Wir sind immer in deiner Nähe … ha, ha …“

„Lass gut sein“, sagte Kerstin Weiß schließlich. „Wir sind ein hohes Risiko eingegangen. Das war ziemlich idiotisch. Wir sprechen darüber noch, okay?“

Sie zwinkerte ihm mit ihren grauen Augen zu. Um ihren Mund spielte jetzt ein kleines, verschwörerisches Lächeln. Er wusste nun, dass sie es wiedergutmachen wollte.

Der Polizeibeamte kam mit einem Bolzenschneider zurück und zwickte die Handschellen auf.

Blacky rieb minutenlang seine tauben Hände und hörte

dabei zu, wie Kerstin Weiß eine Geschichte aus dem Hut zauberte.

*

„Nimm Frau Wurzer die albernen Fesseln ab", sagte sie zu Sören. „Die sind sicher nicht nötig."

„Ist sowieso nur ein einfacher Seemannsknoten", erklärte er und löste die Kordel mit einer einzigen Handbewegung. „Aber sie wollte vorhin weglaufen."

„Ja, weglaufen …", sagte Kerstin Weiß. „Ein gutes Stichwort. Da hier jetzt nicht der richtige Ort ist, eine Vernehmung durchzuführen, und Frau Wurzer das Recht hat, keine Aussage zu machen, werde ich die Geschichte erzählen. Sie beginnt vor über zwanzig Jahren, aber, so denke ich, sie hat schon viel früher begonnen. Dass ein sechzehnjähriges Mädchen von zuhause wegläuft, ist nicht ganz ungewöhnlich. Dass dieses Mädchen zwei Jahrzehnte später zurückkommt und den eigenen Vater ermorden lässt, ist aber außergewöhnlich. Es lässt tief blicken. Sehr tief. Es gibt dafür eigentlich nur eine Erklärung. Der Vater muss diesem Mädchen eine ungeheure Verletzung zugefügt haben. Etwas, das dieses Mädchen traumatisiert und bis ins Innerste hinein zerstört hat. Es liegt auf der Hand, was das war. Oberstaatsanwalt Leopold Wurzer kam zeit seines Lebens als Biedermann daher, aber in Wahrheit war er ein übler Kinderschänder. An dem Sie sich jetzt gerächt haben."

„Ja", sagte Arabella Wurzer, die Frau mit den roten Haaren. „Ich habe mich gerächt. Und zuvor habe ich ihn gedemütigt und lächerlich gemacht. Mit einer Million ist er die letzte Stunde seines Lebens Riesenrad gefahren. Was für ein Spaß."

„Wollen Sie uns nicht doch Ihre Geschichte erzählen?“, fragte Wolfram Bayer erstaunlich sanft.

„Sie möchten ein Geständnis?“

„Es würde Ihnen helfen. In dieser Situation. Wenn Ihr Komplize nicht auf meine Kollegin geschossen und weggelaufen wäre – vielleicht hätten wir uns schwergetan, Ihnen etwas zu beweisen. Aber so …“

„Radovan ist nicht mein Komplize, sondern mein Mann. Ja, er hat heute die Nerven verloren. Einer, der sonst nie die Nerven verliert. Weder in der Zirkuskuppel noch im Krieg hat er je versagt. Also, was wollen Sie wissen?“

„Beginnen Sie doch am Anfang“, sagte Wolfram Bayer.

„Den hat Ihre Kollegin gerade ja sehr eindrucksvoll geschildert. Oder? Ich habe da nichts hinzuzufügen. Er hat von mir abgelassen, als ich etwa zwölf war. Trotzdem war unsere Familie eine Ruine. Und ich ein Wrack. Meine Mutter war depressiv. Korbinian hatte nur Shakespeare im Kopf. Das Celtis-Gymnasium war die Hölle. Ach, ich habe keine Lust, den Quatsch zu erzählen. Drogen, kleine Diebstähle, um meinen Vater zu ärgern und zu provozieren. Auf dem Volksfest habe ich Radovan getroffen. Er reiste damals bei der Achterbahn mit. Eigentlich war er Zirkusartist. Trapezkünstler. Früher ein absolutes Ass. Er war wild, archaisch, brutal und romantisch. Ein Mann vom Balkan. Ich bin mit ihm durchgebrannt, ohne zu überlegen.“

„Das war vor zwanzig Jahren.“

„Der Rest ist schnell erzählt. Wir gingen zurück zum Zirkus. Ich wurde eine mittelmäßige Artistin. Radovan kehrte eine Zeitlang nach Serbien zurück, um im Krieg für seine Heimat zu kämpfen. Dann haben wir uns selbständig gemacht. Verschiedene Fahrgeschäfte, die erste Geisterbahn.

Mit dem *Curiositäten-Cabinett* haben wir einen Coup gelandet. Ich habe viel erreicht im Leben. Nur eines blieb mir noch zu tun: Rache. Radovan hat die Flamme in mir immer wachgehalten. Er ist Serbe und weiß, was Ehre und Rache bedeuten."

„Sie haben diese Rache ausgekostet, nicht wahr?"

„O ja. Ich habe meinem Vater die letzten Wochen zur Hölle gemacht. Unversehens bin ich aus der Versenkung aufgetaucht und habe angefangen, ihn zu erpressen. Ein Kinderspiel … bei seiner Position und diesen Vorwürfen. Er war sofort bereit, mir eine Million zu geben."

„Woher hatte Ihr Vater so viel Geld?"

„Erbschaften. Anlagevermögen. Die Lebensversicherung nach dem Tod meiner Mutter."

„Und wieso dieser ganze Aufwand mit dem Riesenrad?"

„Wie gesagt, ich wollte ihn demütigen. Ihn zum Affen machen. Ihm meine Spielregeln diktieren. Er sollte in unserer Welt sterben. Und es sollte eine todsichere Sache werden. Radovan hat den Ballonführer geschmiert. Er wurde uns durch eine polnische Bekannte vermittelt, die beim Nationalzirkus in Warschau gearbeitet hat. Meinem Vater habe ich die Anweisung übermittelt, so lange Riesenrad zu fahren, bis jemand zu ihm in die Gondel steigen würde, um das Geld zu holen. Die rote Baseballkappe sollte als Erkennungszeichen dienen. Wir haben das als Zeitfenster gebraucht, weil ein Heißluftballon nicht zu steuern ist. Es kam entscheidend auf den Wind an. Aber es hat alles gepasst an diesem Abend. Seine Stunde war gekommen. Und Radovan hat wie immer sein Ziel millimetergenau getroffen. Als er sich dann des Ballonführers entledigt hatte, war alles perfekt. Eine rätselhafte Tat. Ein toter Oberstaatsanwalt in der Gondel eines Riesenrades mit einer Million Euro zu Füßen. Ein Schuss, scheinbar aus dem Nichts.“

„Es ging Ihnen nicht ums Geld?“

„Nein. Es ging um die Show. Er sollte bis zur letzten Sekunde glauben, dass er sich mit seiner Million freikaufen könne. Vielleicht hat er in dieser Stunde zwischen Himmel und Erde sogar bereut, was er getan hat. Mehr habe ich nicht zu sagen.“

Bevor der Kriminalhauptkommissar die Frau mit den roten Haaren abführen ließ, musste Sören unbedingt noch eine Frage loswerden: „Wie ist es Radovan eigentlich gelungen, den Korb des Ballons zu verlassen?“

Arabella Wurzer alias Zdenka Rusalka lachte.

„Ein Artist weiß, wie er mit Seilen umzugehen hat. Aber wir Zirkuskinder verraten unsere Tricks nicht.“

*

Das Gewitter hatte sich verzogen, aber der Abend war grau und düster.

Vor dem *Grauenhaft gruseligen Curiositäten-Cabinett* stand Erster Kriminalhauptkommissar Götz Kaminski mit den vier Beamten des Landeskriminalamtes, die er aus dem Festzelt geholt hatte. Er trat auf Wolfram Bayer und Kerstin Weiß zu und sagte: „Der Fall ist gelöst. Den Mann, den Oberkommissarin Weiß angeschossen hat, haben wir in Gewahrsam genommen. Er scheint einer politischen Splittergruppe ehemaliger serbischer Partisanen anzugehören. Vielleicht können wir daraus ja ein Motiv für den Mord an Oberstaatsanwalt Wurzer herausdestillieren. Oder seid ihr anderer Meinung?“

„Darüber muss ich eine Nacht schlafen“, sagte Kriminalhauptkommissar Wolfram Bayer. „Aber ich glaube, wir sollten bei der Wahrheit bleiben."

„Was ist Wahrheit?", fragte Götz Kaminski. „Trinken wir noch ein Bier zusammen?"

„Nein, danke", erwiderte Wolfram Bayer. „Meine Frau wartet auf mich."

„Und ich muss noch meinen Bericht schreiben", sagte Kerstin Weiß.

Götz Kaminski quittierte die Abfuhr mit einem säuerlichen Lächeln. Dann drehte er sich um und verschwand grußlos in der anbrechenden Dunkelheit.

Wolfram Bayer streckte Blacky die Hand hin.

„Damit wir das Du also auch noch offiziell besiegeln. Ich bin der Wolfram."

„Und ich der Christian. Du kannst auch Blacky zu mir sagen."

„Das werd ich so halten."

Der Leiter der Mordkommission warf ein lautes „Servus" in die Runde und stapfte davon.

Kerstin Weiß stand einen Augenblick wie unschlüssig da. Dann sagte sie: „Was ihr vorhin gehört habt, habt ihr mal wieder nicht gehört. Okay?"

„Und wieso nicht?", fragte Sören.

„Weil das überhaupt nichts war. Keine Vernehmung. Kein Gespräch. Es war höchstens so eine Art Dankeschön an euch. Damit ihr wisst, was geschehen ist. So sieht es auch Wolfram Bayer, denke ich."

„Kapiert", sagte Sören. „Dann will ich mal. Ich brauch unbedingt noch ein Matjesbrötchen und 'ne Currywurst."

Er machte eine seiner linkischen Abschiedsgesten und zog von dannen.

„Und jetzt?“, fragte Blacky. „Was machen wir mit dem angebrochenen Abend und der kommenden Nacht?“

„Ich muss einen Bericht über den Schusswechsel schreiben“, sagte Kerstin Weiß. „Da führt kein Weg dran vorbei. Aber wenn du magst, kann ich später noch klingeln.“

„Dann wird's halt eine kurze Nacht“, erwiderte Blacky. „Denn morgen ist Montag, und ich bin der Morning Man.“

29

Hartmut Grühn überraschte seine Frau damit, dass er eine Flasche Wein und zwei Gläser ins Wohnzimmer trug.

„Was wird das?", fragte sie.

„Ich möchte feierlich mit dir anstoßen."

„Feierlich mit mir anstoßen?" Sie bedachte ihn mit einem misstrauischen Blick. „Was führst du im Schilde?"

„Nichts", sagte er. „Gar nichts. Nach vierzig Jahren Ehe führt man nichts mehr im Schilde. Aber ich möchte einen Schlussstrich ziehen."

Es kam bei Erika Grühn selten vor, dass ihr die Worte fehlten. Jetzt rang sie förmlich darum.

„Ich wusste, dass dieser Tag kommen würde", sagte sie schließlich. „Und trotzdem bin ich nicht darauf vorbereitet."

„Ich glaube, du verstehst mich falsch. Ich möchte einen Schlussstrich unter die Vergangenheit setzen und in die Zukunft schauen. Und dazu muss ich mich von Gespenstern verabschieden."

„Gespenster, Hartmut?"

„Martin erscheint mir Nacht für Nacht. Immer wieder frage ich mich, ob man es nicht hätte verhindern können. Ich weiß, Norbert hat sich das auch unentwegt gefragt. Er war es, der das Mannloch nicht richtig verschlossen hat. Aber wir hätten alle aufpassen müssen. Man lässt einen Elfjährigen nicht bei den Braukesseln herumturnen, wenn sich noch Kohlendioxid darin befindet. Jeder weiß das. Und trotzdem ist es passiert."

„Unfälle geschehen. Warum machst du dir nach so langer Zeit noch solche Vorwürfe?"

„Er war mein Sohn."

„Er war auch mein Sohn."

„Ich weiß. Und trotzdem …"

Hartmut Grühn öffnete die Flasche und schenkte die Gläser voll.

„Es gibt noch andere Gespenster. Aber dazu will ich dir nichts sagen. Du weißt es sowieso. Weil du mich ja kennst. Und mich geheiratet hast. Ich trinke auf Martin. Auf Norbert. Und auf Fridolin. Mögen sie ihren Frieden gefunden haben."

Sie tranken schweigend ihre Gläser leer, jeder in Gedanken versunken.

„Wenn du heute noch runtergehst, komme ich mit", sagte Erika Grühn nach einer langen Weile.

*

Blacky bummelte gemächlich durch den Zürch, in dem um diese Zeit überhaupt nichts mehr los war. Zu anderen Zeiten war auch nicht viel los, aber an einem späten Sonntagabend lagen die gepflasterten Gassen wie ausgestorben. Der graue Himmel war aufgerissen, hinter ziehenden Wolken blitzten Sterne hervor. Nur der Mond ließ sich noch nicht sehen.

Mitten in der Frauengasse stand ein Mann. Er hielt eine Axt in beiden Händen.

Blacky wusste sofort, wer es war. Er überschlug den Abstand und bedachte die Fluchtmöglichkeiten.

„Hallo, Philipp", sagte er. „Wartest du auf mich?"

„Ja“, sagte der Mann.

„Und warum?“

„Weil ich dir diesmal den Schädel richtig einschlagen werde.“

Knorrige Silben im Rhythmus anbrandender Nordseewellen.

„Du kannst ja doch richtig viel sprechen“, sagte Blacky. „Kristin hat gesagt, du würdest die Zähne nicht auseinanderbekommen.“

„Hat sie nicht. Kristin sagt keine solchen Sachen über mich.“

„Sie sagt noch ganz andere Sachen.“

„Sagt sie nicht. Kristin ist meine Freundin.“

„Ich glaube, das sieht sie anders.“

Philipp Haien schnalzte mit der Zunge, hob die Axt höher und ging einen Schritt auf ihn zu. Blacky wich sofort zurück.

„Jetzt haste Angst.“

„Warum verfolgst du mich denn, Philipp? Lauerst mir auf? Ich habe dir doch nichts getan.“

„Du bist ständig mit Kristin zusammen. Das mag ich nicht.“

„Aber deswegen musst du mir doch nicht eine auf den Kopf hauen.“

„Das war nur ’ne Warnung. Aber dann hast du heute schon wieder mit ihr Eis gegessen.“

„Hat Klaas Peimann auch ständig mit ihr Eis gegessen?“

„Nein. Aber er hat sie gebumst.“

Er trat wieder einen Schritt näher auf Blacky zu.

„Ich weiß alles. Philipp sieht, hört und weiß alles. Ich weiß, was Hanne nachts macht. Ich habe gelesen, was Will mit dem Handy geschrieben hat. An die Freundin von Klaas. Ich habe es dem Klaas erzählt. Damit er Kristin in Ruhe lässt. Aber er hat sie nicht in Ruhe gelassen."

„Mensch, Philipp, du bist ja einer", sagte Blacky. „Und dazu 'ne richtige Quasselstrippe. Wie viele Klare hast du denn heute schon gekippt?"

„Geht dich nichts an."

„Und deswegen hast du den Klaas umgebracht?"

„Nicht nur deswegen."

„Ja", sagte Blacky. „Nicht nur deswegen. Darf ich dich was fragen?"

„Was?"

„War der Klaas eigentlich jünger oder älter als du?"

„Älter. Vier Jahre."

„Und warum hast du deinen Bruder so gehasst?"

„Weil … weil ihn der Vadder lieber gehabt hat. Und die Mädchen auch. Und weil er viel klüger war. Und weil er mich immer nur gehänselt hat. Immer. Weil ich Fleischer geworden bin und er Künstler."

Kain und Abel, dachte Blacky. Die alte Geschichte.

„Aber ihr seid doch zusammen so alt geworden. Warum hast du ihn jetzt umgebracht?"

„Ich habe ihn dreißig Jahre nicht mehr gesehen. Dann kommt er nach Maßbach und sagt, er will mich nicht mehr kennen. Und dann bumst er meine Freundin. Und sie hat überall gesagt, er sei Gott."

„Kristin ist nicht deine Freundin", sagte Blacky bestimmt.

Zeit, den Rückzug anzutreten. Er machte zwei Schritte nach hinten, spürte unebene Pflastersteine unter seinen Füßen, knickte um und verlor den Halt.

Wie ein Recke der friesischen Vorzeit stürmte Philipp Haien mit der Axt auf ihn zu.

*

„Vielleicht sollten wir sie verschenken“, sagte Hartmut Grühn. „An ein Kinderheim oder so.“

„Du willst die Modelleisenbahn verschenken, die dir und Martin so viel bedeutet hat? Das ist keine gute Idee.“

„Aus den Augen, aus dem Sinn.“

„Überleg dir das gut“, sagte Erika Grühn. „Sie ist wirklich wunderbar.“

„Ja“, antwortete Hartmut Grühn, „das ist sie.“

Mit den leuchtenden Augen eines kleinen Jungen setzte er die schwarze Dampflok in Bewegung, die Martin am meisten geliebt hatte. Nach und nach ließ er die anderen Züge abfahren. Und mit jedem Zug, der den Bahnhof verließ, versuchte er ein Stück Vergangenheit loszulassen. Aber er spürte bald, dass es ihm auch in dieser Nacht nicht gelingen würde. Resigniert schaltete er nach einer Weile den Strom ab und sagte zu seiner Frau: „Weißt du was, wir machen einfach weiter wie bisher.“

*

Der Schuss hallte durch die Frauengasse und raste als Echo durch den ganzen Zürch.

Zuvor hatte Kerstin Weiß zweimal laut „Waffe weg! Polizei!“ gerufen. Philipp Haien war weitergerannt, und noch im Fallen schlug er mit der Axt nach Blacky. Funken sprühten, als die scharfgeschliffene Schneide aufs Pflaster traf. Kerstin Weiß sprintete los und setzte den Fuß auf Haiens Hand, mit der er erneut nach dem Axtstiel greifen wollte. Sie trat kräftig zu, bis er mit einem Schmerzensschrei davon abließ.

„Bist du okay?", fragte sie.

Blacky richtete sich benommen auf.

„Ja."

„Dann setz einen dringenden Notruf ab. Ich habe keine Handschellen dabei. Irgendwie muss ich ihn in Schach halten."

Sie hatte schnell begriffen, dass Philipp Haien nicht aufgeben würde. Tatsächlich wälzte er sich im gleichen Augenblick auf den Rücken und versuchte trotz der Wunde an seinem Bein aufzustehen.

„Liegenbleiben!", schrie Kerstin Weiß. Aber er richtete sich weiter auf.

„Na gut", zischte sie. „Wenn du es nicht anders willst."

Sie fuhr herum und trat ihm mit der Sohle ihres rechten Schuhs ins Gesicht. Er stöhnte und fiel zurück.

„Bist du aber brutal", sagte Blacky.

Es dauerte keine Minute, bis der erste Streifenwagen durch die Rittergasse geprescht kam.

„Euer Ding, Kollegen", sagte Kerstin Weiß zu den beiden Beamten. „Ärztliche Versorgung, und dann ab mit ihm."

Sie lehnte sich erschöpft gegen eine Hauswand.

„Für heute reicht's", stöhnte sie. „Für heute reicht's wirklich."

„Wer wollte heute Morgen joggen gehen?", fragte Blacky. „Hätten wir ausgeschlafen, wären wir jetzt nicht so kaputt."

„Blödmann."

„Wo kommst du eigentlich schon her? Du wolltest doch einen Bericht schreiben."

„Ich hab mir plötzlich gedacht, das hat auch noch Zeit

bis morgen. Und da habe ich uns zwei Burger geholt … na ja, die liegen jetzt leider am Boden. Wieso hat dieser Idiot gewusst, wo er dich finden kann?“

„Der muss mich schon gestern von Maßbach aus verfolgt haben. Und offenbar hat er mir heute Morgen aufgelauert und ist mir in die Wehranlagen gefolgt.“

„Und weshalb das Theater?“

„Theater ist gut, ja … Philipp Haien ist der Bruder von Klaas Peimann. Offensichtlich ist Peimann ein Künstlername. Was zwischen den beiden war? Der älteste Krimi der Welt: Bruder erschlägt Bruder. Es gibt nichts Neues unter der Sonne.“

„Tja“, seufzte Kerstin Weiß, „dann habe ich doch noch viel Arbeit in dieser Nacht. Schade. Was machst du morgen Abend?“

„Volksfest“, sagte Blacky. „Abschlussfeuerwerk. Kommst du mit?“

„Klar“, erwiderte sie. „Feuerwerk klingt gut. Danach lassen wir’s krachen.“

„Ein Traum“, sagte Blacky. „Wahrscheinlich wieder nur ein Traum.“

Mitten in der Nacht erhielt er eine SMS von Lothar aus Irland.

Habe schlecht geträumt. Bin hellwach. Muss noch einmal über meinen Krimi nachdenken. Tatort auf jeden Fall Schweinfurt. Fortsetzung folgt.

Schweinfurter
Kriminalroman
Band 1

Lothar Reichel
Kindertotenlieder
Blacky tritt auf
237 Seiten · Broschur
ISBN 978-3-939103-35-6
10,90 Euro [D]

Keine närrischen Tage in Schweinfurt ...
Die Faschingszeit von Altweiberfasching bis Aschermittwoch lähmt die Stadt. Ausgerechnet auf dem Rückert-Denkmal wird eine Leiche gefunden. Welche Feinde hatte der tote Faschingsprinz, ein angesehener Bürger Schweinfurts? Gleichzeitig beschäftigt ein verschwundenes türkisches Mädchen die Öffentlichkeit. Das Schlimmste ist denkbar, und der Vater beschuldigt die Schweinfurter Polizei schwer. Und wieso sammelt ein besessener Industriemanager alles, was mit den „Kindertotenliedern" Friedrich Rückerts zu tun hat? Eigentlich hat Christian „Blacky" Schwarz, Moderator bei Main-Radio Schweinfurt, anderes zu tun. Er probt fieberhaft für seinen ersten Auftritt mit eigenen Songs. Da er vielleicht der Letzte war, der das türkische Mädchen vor dem Verschwinden gesehen hat, lässt ihm ihr Schicksal keine Ruhe. Auf eigene Faust beginnt er zu ermitteln und sieht sich plötzlich mit zwei Fällen konfrontiert – Fälle, die scheinbar nichts miteinander zu tun haben und am Ende doch ineinander verwoben sind. Gute Ratschläge bekommt er aus dem fernen Irland, wo sein Freund Lothar, Kriminalschriftsteller, in einem Cottage an der Westküste sitzt und gerade über einem Schweinfurt-Krimi brütet.

Schweinfurter
Kriminalroman
Band 2

Lothar Reichel
Karfreitagszauber
Blacky macht weiter
236 Seiten · Broschur
ISBN 978-3-939103-36-3
10,90 Euro [D]

Die Karwoche in Schweinfurt und Umgebung ...
Beim Joggen in den Wehranlagen kommt Christian „Blacky“ Schwarz, Moderator bei Main-Radio Schweinfurt, einer jungen Frau zu Hilfe. Noch ahnt er nicht, dass er damit erneut in einen mysteriösen Kriminalfall gerät. Sehr zum Unwillen des Leiters der Schweinfurter Mordkommission beginnt er wieder auf eigene Faust zu ermitteln. Während in der Schweinfurter Kirche St. Johannis der Chor für eine Aufführung der Matthäus-Passion von Johann Sebastian Bach probt, trifft sich auf Schloss Mainberg eine obskure Gesellschaft mit merkwürdigen Zielen. Im Lauf der Karwoche ereignen sich dort seltsame Dinge. Was hat es mit dem geheimnisvollen Karfreitagszauber auf sich? Und gibt es Zusammenhänge mit dem Tod von Laura Gabrieli – dem Mädchen, dessen Leiche in einem See gefunden wurde? Blacky erkennt, dass ein undurchsichtiger Amerikaner, eine seltene Maske, nordische Mythologie und der Heilige Gral vielleicht etwas miteinander zu tun haben. Oder sind es mehrere Fälle, deren Fäden sich nur scheinbar kreuzen? Unerwartete Hilfe bekommt Blacky wieder von seinem Freund Lothar, dem Kriminalschriftsteller, der in seinem Cottage an der irischen Westküste immer noch an seinem Schweinfurt-Krimi schreibt.

Schweinfurter
Kriminalroman
Band 3

Lothar Reichel
Walpurgisnacht
Blacky klärt auf
254 Seiten · Broschur
ISBN 978-3-939103-40-0
10,90 Euro [D]

Erneut ist Schweinfurt und Umgebung Schauplatz ungewöhnlicher Verbrechen. Im Hexenbrünnle am Rande des Höllentals wird an einem Sonntagmorgen die nackte Leiche einer Frau entdeckt. Die Mordkommission unter Leitung von Kriminalhauptkommissar Wolfram Bayer steht unter Hochdruck. Denn auch aus dem Ellertshäuser See ist etwas aufgetaucht, das blankes Entsetzen auslöst. Schnell wird klar: Der grausame Mord an der kleinen Laura Gabrieli, der nie aufgeklärt werden konnte, ist Teil eines großen, mysteriösen Komplotts. Aber was steckt dahinter? Während das Team von Main-Radio Schweinfurt die traditionelle Grillparty zur Walpurgisnacht vorbereitet, geht Christian „Blacky" Schwarz wieder eigene Wege. Er stößt auf merkwürdige Machenschaften im Schweinfurter Gerichtsgebäude und entdeckt, dass ehrbare Männer der Stadt offenbar dunkle Geheimnisse haben. Und nicht nur das: Auch Frauen gehen im Verborgenen ganz eigenen Leidenschaften nach. Erstaunt stellt Blacky fest, wie im Hintergrund undurchschaubar Fäden gezogen werden, die es zu entwirren gilt. Beim Knacken eines rätselhaften Codes erhält er Unterstützung von seinem Freund Lothar, der in Irland mit seinem Schweinfurt-Krimi schon wieder nicht weiterkommt. Und diesmal gelingt es Blacky, die Frage zu klären, die Schweinfurt seit langem bewegt: Was ist mit Laura Gabrieli geschehen?

Lothar Reichel
Sommernachtstraum

Gestaltet von Peter Hellmund
Gedruckt und gebunden von CPI – Clausen & Bosse, Leck

Erste Auflage 2013
ISBN 978-3-939103-48-6

www.buchverlag.hellmund.de
www.schweinfurt-krimi.de